여름의 시간

여름의 시간

한새마
김재희
류성희
홍선주
사마란
황세연
홍성호

나비클럽

나는 멋진 이 사람에게 사로잡혔으니
그대가 보듯, 아직 나를 사로잡고 있소.
사랑은 우리를 죽음으로 이끌었고,
우리를 죽인 자를 카인이 기다린다오.

-단테 알리기에리 《신곡》 중

차례

그렇게 비루하고 어리석은 섹스는 또 없을 것 같습니다.
어둠과 어둠이 달려들어 서로를 끌어안고 뒤엉켜도
어둠은 비밀처럼 나눌 수 없는 것인데, 그때는 그걸 몰랐습니다.

여름의 시간

한새마

2019년

8월에 폭설입니다.

시드니 도심을 벗어난 소형 밴은 굵어진 눈발 때문에 국도 위를 느릿느릿 기어가고 있습니다. 남극성 한랭전선이 호주 남동부에 상륙했다며 40년 만의 폭설이라고 라디오에서 연방 떠들어댑니다.

남편이 라디오를 끄고 히터를 세게 틀어줍니다.

앞 유리창을 긁는 와이퍼 소리가 점점 커집니다. 저는 손에 쥐고 있던 송달장을 차 글러브박스 안에 집어넣은 뒤 탁, 소리 나게 닫습니다.

"무혐의래요. 이젠 정말 끝났어요."

제 말에 남편이 힘없이 되받아칩니다.

"우리한테 끝이란 게 있을까요?"

남편은 결혼 후에도 저에게 말을 놓지 않습니다. 그래서 그런지 우리에겐 여느 부부와 다르게 몇 글자만큼의 간극이 항상 존재합니다. 때로는 그 틈이란 게 수십 수백 킬로미터의 거리만큼 멀게 느껴질 때도 있습니다.

저는 남편의 얼굴을 찬찬히 뜯어봅니다. 이제 겨우 서른여섯인 남편은 몇 년 새 갑자기 늙어버렸습니다. 머리칼은 하얗게 샜고, 미간엔 주름이 깊게 파였습니다. 9년을 함께 살았는데, 9년 동안 하루하루 모르는 사람이 되어갔습니다.

"사실은, 저였죠? 그 여자가 아니고요."

잠결에도 차마 입 밖으로 꺼내지 못했던 질문입니다.

남편이 조수석 쪽으로 고개를 돌립니다. 뒤늦게 질문의 뜻을 알아채고는 흠칫 놀랍니다.

"대답은 그걸로 됐어요."

눈가가 뜨거워지는 건 어쩔 수 없는 모양입니다.

그때 차체를 붙잡고 흔드는 듯한 엄청난 경적이 전방에서 울립니다. 재빨리 고개를 돌려 앞을 바라보는 남편의 얼굴이 순식간에 얼어붙습니다. 저도 그 시선을 따라 앞쪽을 바라봅니다.

중앙선 반대편에서 커다란 유조차가 차체를 비틀면서 이쪽으로 돌진해옵니다. 남편이 급브레이크를 밟습니다. 저는 목이 푹 꺾입니다. 다시 머리를 치켜드는데 보니 유조차가 바로 코앞까지 다가와 있습니다. 차 앞부분이 강한 충격에 찌그러집니다. 앞 유리창이 박살나고 에어백이 터집니다. 여기저기 처박히며 정신을 차릴 수가 없습니다. 사방이 빙글빙글 돕니다.

어느새 밴은 멈췄고 저는 도로로 튕겨져 나왔습니다.

차가운 눈보라가 제 얼굴로 쏟아져 내립니다. 바람결에서 피 냄새와 휘발유 냄새가 납니다. 온몸에 힘이 들어가지 않습니다. 저는 손가락 하나 까딱할 수 없습니다. 정신을 차리려고 몇 번이나 눈을 깜박입니다.

핸들에 얼굴을 처박고 쓰러진 피투성이 남편이 보입니다.

저는 입술을 달싹거립니다. 입 안 가득 고인 피를 뱉아내면서 남편을 가까스로 부릅니다.

그리고 바로 그 순간,

뜨거운 화염이 남편을 집어삼킵니다.

2018년

이번이 벌써 세 번째입니다.

어제는 거짓말탐지기 조사를 받았습니다.

무비자로 체류 가능한 기한 동안 저는 최선을 다해 참고인 조사에 응할 생각입니다. 그래야만 실종된 부부와 그 가족들에 대한 마지막 도리라고 생각해서입니다.

"안녕하세요. 무진시 미제 사건 전담반 이두호 형삽니다."

일명 '공방 부부 실종 사건'이 발생한 지 벌써 6년째입니다.

"먼저 이름, 나이, 직업, 사는 곳을 말하세요."

"올해 서른다섯이고 이름은 이한나, 호주 시민입니다. 지금은 시드니 킹스크루에서 살고 있어요. 남편과 둘이서 작은 홈클린 업체를 운영하고 있습니다."

박동민, 김지연 부부의 공방이 며칠 동안 문을 열지 않자 이를 이상하게 여긴 박동민의 누나가 부부의 아파트로 찾아가면서 신고를 하게 되었습니다.

"남편 분도 한국 교포입니까?"

"아닙니다. 토니는 호주 시민권자지만 중국계 아시아

인입니다."

처음에 경찰은 부부가 여행 일정을 주위에 알리지 않아 발생한 해프닝 정도로 여겼습니다. 하지만 부부가 사는 아파트의 CCTV 녹화본을 확인하면서 사건은 미궁에 빠집니다.

8월 7일 밤 9시경, 아내 김지연의 귀가 장면이 중앙 출입문과 승강기 CCTV에 찍혀 있었습니다. 그로부터 한 시간 뒤, 남편 박동민이 지하 주차장에 차를 대고 내렸고 승강기를 타고 7층으로 올라가는 모습이 고스란히 찍혔습니다.

문제는 8월 7일 이후 이 부부가 아파트 밖으로 빠져나가는 모습이 전체 열일곱 대나 되는 CCTV 그 어디에도 찍히지 않았다는 것입니다.

"그럼 남편 분도 실종된 박동민 씨를 알고 있나요?"

"아니에요. 토니는 이 사건에 대해 전혀 몰라요. 제가 변호사 없이 한국으로 자진 출두한 걸 알면 화를 낼 사람이에요."

집 안에는 누군가 강제로 침입한 흔적도 없었고, 사라진 물건도 없었습니다. 남편 박동민의 휴대전화와 지갑이 식탁 위에 놓여 있었고 현관엔 아내 김지연이 인근 마트에서 장을 봐온 비닐봉지가 그대로 부려져 있었습니다. 지문 감식, 루미놀 반응 감식을 했지만, 이상한 점은 발견되지 않았습니다.

"경찰 당국의 협조 요청을 계속 무시해오다가 이렇게 자발적으로 입국해 조사를 받는 이유가 뭔가요?"

"처음엔 절 골탕 먹이려고 이러나 싶었습니다. 사라졌다 나타나도 법적 처벌을 받는 건 아니니까요."

100여 세대의 아파트 주민들과 인근 상가 지역의 상인들을 탐문했지만, 8월 7일 이후로 박동민, 김지연 부부를 목격했다는 사람이 한 명도 없었습니다.

"각종 매체에서 저를 계속 쫓아다녀요. 모든 혐의를 벗고 이제 자유롭게 살고 싶어요."

부부의 가족과 지인들의 제보로 경찰은 박동민의 첫사랑이자 내연녀인 저를 찾아냈습니다.

"박동민 씨하고 연인 사이였죠?"

"네. 제가 국제학부 한국어학과 유학 시절에 가입했던 연극 동아리에서 처음 만났어요. 동민이는 거기서 무대 장치나 소도구 등을 만드는 미술팀 팀원이었어요. 전 연기자 지망생이었고요."

"중간에 헤어졌다던데 어떻게 다시 연락하게 된 거

죠?"

"동민이 누나가 저한테 메일을 보냈어요. 제가 학업을 포기하고 본국으로 돌아가는 바람에 동민이가 우울증에 걸려 집에서 은둔형 외톨이로 지내고 있다고요. 동생을 도와달라는 누나의 간곡한 부탁에 다시 연락을 주고받게 됐어요. 하지만 한국에 곧바로 들어올 순 없었어요. 하나뿐인 할머니를 요양원에 모셔야 했거든요."

그러는 사이 아버지의 강압에 못 이겨 박동민은 김지연과 맞선을 보았습니다. 두 사람은 만난 지 석 달 만에 상견례를 치렀습니다. 췌장암으로 투병 중이던 아버지의 뜻을 도저히 거역할 수 없었기 때문입니다.

"박동민 씨가 결혼한 후에도 두 사람은 계속 연락을 주고받았죠?"

박동민의 아버지는 결혼식을 보고도 2년이나 더 살다 가셨습니다.

"네, 한국에 몇 번 다녀가기도 하고 세컨드 폰으로 서로 연락을 주고받았어요."

그걸 눈치챈 김지연은 정신적 충격으로 신경 안정제까지 복용했다고 합니다. 박동민의 일거수일투족을 감시하며 따라다녔고, 언제부턴가 목공방도 부부가 함께 운영하게 됐습니다. 이한나라는 이름 석 자만 나와도 딸이 치를 떨었다며 친정엄마가 증언했습니다.

"하지만 저도 호주에서 토니를 만나 결혼하면서 우리 관계는 완전히 끝나게 되었죠."

"부부가 실종되기 며칠 전에 한국으로 들어왔죠?"

"네, 한국은 처음인 남편과 함께 관광차 왔었어요."

"그때 박동민 씨한테 전화한 내역이 있던데요? 그것도 여러 번."

"언제 한번 시간 날 때 모여서 식사나 같이하자는 전화였어요."

"김지연 씨가 그 제안을 좋아하던가요?"

"화를 냈어요. 기분 나쁜 게 당연하잖아요."

실종 며칠 전에 입국한 정황 때문에 경찰은 지속적으로 저에게 참고인 조사를 요구해왔습니다. 그 부부가 저를 골탕 먹이기 위해 벌인 자작극이라 여겨 저는 경찰의 요구에 응하지 않았습니다.

"거짓말탐지기 조사에서 말입니다, 실종 당일에 박동민 씨를 만났느냐는 질문에 아니라고 대답하셨는데 거짓 반응이 나왔어요."

"거짓말탐지기 조사를 백 퍼센트 신뢰할 수는 없다고

들었어요. 혹시 제가 그 부부에게 협박이나 위해를 가했느냐는 질문에 아니라고 대답했는데, 그건 결과가 어떻게 나왔나요?"

"진실 반응 나왔습니다. 부부가 살던 아파트가 23년 된 오래된 아파트라서 건물 외벽에 비상계단이 나 있는 구조던데요. 이 비상계단에는 CCTV가 설치되어 있지 않아요. 혹시 이한나 씨가 어떤 위협을 가해 부부 스스로 아파트 밖으로 나오도록 유인한 거 아닙니까?"

"제가 나오라고 하면 그 두 사람이 순순히 집 밖으로 나올까요? 제 혀가 얼마나 대단하기에 다 큰 성인 남녀를 그렇게 흔적도 없이 사라지게 만들 수 있죠?"

"2012년 8월 7일 이후로 박동민, 김지연 부부가 사라졌고 그 뒤 어떠한 생활 반응도 없습니다."

"전 무진시 근처에도 안 갔습니다. 저는 그때 서울에 있었어요. 카드로 계산하고 받은 영수증을 아직도 보관하고 있습니다."

"이상하군요. 보통은 6년 전 영수증까지 갖고 있지 않잖아요?"

"전 여행지에서 쓴 영수증은 꼭 모아둬요. 팸플릿이나 기념엽서 같은 것들과 함께요. 그래야 나중에 잊어버리지 않고 추억을 떠올릴 수 있으니까요."

"그럼 한국 관광을 끝내고 14일에 출국해서 바로 호주로 돌아갔나요?"

"아니에요. 홍콩을 거쳐 마카오로 가는 배를 탔어요. 한국을 경유하면 일본, 중국, 대만, 인접 국가들에 무비자로 입국할 수 있거든요."

"일단, 알겠습니다. 그럼 2012년 8월 5일부터 14일까지 뭘 했는지 진술서에 자세히 써주세요. 그리고 마지막에 지장 찍으시고요."

"저기, 제가 오랫동안 청소용액을 손으로 만지다 보니 지문이 다 벗겨졌는데, 그래도 괜찮을까요?"

"이건 직접 대면하고 진술을 받았다는 뜻으로 받아두는 지문이니까 찍으세요."

벌써 세 번째 쓰는 자필 진술서인데도 볼펜을 쥔 손이 떨립니다. 세 번의 진술서가 단어 하나 틀리지 않고 똑같으면 오히려 더 수상하기 때문에 저는 여러 버전으로 준비해서 연습해왔습니다. 볼펜을 쥔 손가락이 따갑고 아려 옵니다. 오늘 밤에도 호텔 세면대에 독한 청소용액을 붓고 오랫동안 열 손가락을 담가야 할 것 같습니다.

2017년

호주 울루루의 사막은 적색입니다. 어떤 죄 많은 거인이 쏟아낸 핏자국처럼 온통 붉습니다.

저는 끝도 없이 이어진 붉은 길 가운데 서서 먼 곳을 응시하고 있습니다. 방충 모자를 뒤집어쓰고 장화를 신은 꼴이 이제 막 화성에 도착한 우주인 같습니다. 하지만 땀에 흠뻑 젖어도 이런 불편한 옷을 입을 수밖에 없습니다. 이곳에서는 날벌레든 땅벌레든 모두 사람을 물어뜯습니다. 방갈로에서 작업복 바지를 갈아입을 때마다 여기저기에 물린 자국을 보면 언제 물렸는지도 몰라 모골이 송연해지곤 합니다.

호주 울루루의 8월은 겨울입니다. 하지만 낮은 피처럼 뜨겁고 밤은 별처럼 차갑습니다. 엄청난 관광객들이 찾아오는 성수기이지만 이곳 낙타 농장은 관광객을 받지 않습니다. 오로지 판매만을 위해 낙타를 키우는 농장입니다.

간혹 외지인들이 찾아올 때가 있는데 그러면 저와 남편 토니는 농장 제일 안쪽의 인부들 숙소에 몸을 숨기곤 합니다. 호주 원주민인 농장주는 우리를 동양인 불법 체류자 정도로 알고 있습니다. 숙식 제공만 해주고 거의 공짜로 부려먹기 때문에 젊은 아시아인 부부가 외지인의 눈을 피해 숨더라도 수상하게 여기지 않고 오히려 적극적으로 숨겨주기까지 합니다.

오늘 아침에 토니와 함께 트럭을 타고 나가면서 농장주는 누가 방문할 거라는 소리를 하지 않았습니다. 그런데 저 멀리서 하얀 실루엣이 붉은 모래바람을 일으키며 다가오고 있습니다. 저는 한 손에 양동이를 들고서 길 한가운데에 얼어붙어 있습니다.

어룽대던 실루엣이 점차 하얀색 미니버스로 변하고, 버스 앞유리창에 붙은 A4용지가 나풀대는 게 보입니다. 관광객을 태운 버스가 분명해서 전 양동이를 집어던지고 냅다 뜁니다. 장화에서 북북 소리가 나고 지열과 방충망 때문에 숨이 가빠옵니다. 흥분한 낙타들이 저에게 침을 뱉으며 으르렁댑니다. 하지만 뒤돌아보지 않고 방갈로 안으로 뛰어 들어가 문을 걸어 잠급니다.

문에 바짝 붙어 서서 어서 빨리 이 시간이 지나가길 기다립니다.

그때 갑자기 방갈로 문짝이 심하게 쿵쾅거립니다. 누군가 거세게 문을 두드려대는 바람에 저는 불에 덴 듯 문에서 후닥닥 떨어집니다.

"이한나 씨? 이한나 씨? 방송국에서 나왔습니다, 이한나 씨?"

숨조차 내쉴 수가 없습니다.

"아무도 없는 거 아냐?"

"안에 있는 거 확실해. 아까 누가 뛰어 들어가는 거 봤어."

방송국 피디가 또다시 문을 걷어찹니다. 어찌나 세게 걷어차는지 문짝이 떨어져 나갈 듯이 들썩거립니다.

"어머님, 어머님이 한 말씀 해보세요. 저 여자도 양심이란 게 있으면 어머님 목소리엔 반응을 보이겠죠."

"이, 이한나 씨? 문 좀 열어줘요. 묻고 싶은 게 있어요. 그날 우리 딸 못 봤어요? 우리 딸하고 진짜 안 만났어요? 제발 대답 좀 해줘요. 네?"

저는 튀어나오려는 말을 양손으로 틀어막습니다.

"한나 씨? 한나 씨? 제발 말 좀 해줘요. 네? 이한나 씨?"

이제는 두 눈을 질끈 감고 손으로 양쪽 귀를 틀어막습니다. 지구 반대편의 사막으로 도망쳤지만, 소용이 없습니다.

이건 너무나도 지독한 형벌입니다.

2015년

토니에게.

자네가 얼마나 그 아이를 찾고 싶어 하는지 잘 알고 있네. 하지만 다시 한번 자네 아내 한나에게 물어봐줄 순 없겠나? 정말로 입양 보낸 게 맞는지 말일세.

호주 내 입양은 한국하고는 다르게 친부모와의 재결합 가능성이 없을 때 진행되네. 친부모가 사망하거나 행방불명일 때 외엔 호주 내 입양 사례가 거의 없다네. 그것도 민간단체나 복지재단이 입양 절차를 주관하는 게 아니라 정부 기관에서 주관하기 때문에 일체의 정보에 접근하기가 어렵다네. 그러니 자네와 한나가 혼전에 낳은 아이라 할지라도 입양아 대상 기준에 부합하지 않는다네. 호주는 미혼모의 아이라 하더라도 입양 보내지 않는단 말이네.

아마 입양보다는 'Out of homecare'나 'Foster care' 같은 가정위탁 보호자들이 영구적으로 아이를 양육하고 보호하는 'Permanant Care'로 위탁됐을 것이네. 이 경우엔 아이의 정보를 공개할 의무가 법적으로 명시되어 있네. 또 그걸 데이터화해놓은 정부 산하 웹사이트가 있다네. 그래서 나는 자네가 제공한 DNA 정보로 위탁 아동들의 DNA 정보와 대조해보았네. 그런데 일치하는 아동이 없었네.

자네와 한나 사이에서 낳은 아이가 확실한가? 그리고 알코올 중독 치료를 받고 있던 자네 몰래 아내가 자네 몰래 아이를 입양 보냈다는 말도 사실인가?

토니, 나는 자네 아내의 말을 백 퍼센트 신뢰할 수 없네. 물론 자네를 믿지 못하겠다는 건 아니네. 자네는 내가 아는 사람 중에 가장 정직한 사람일세.

그러니 지금 우리에겐 자네 아내이자 아이의 엄마인 한나의 DNA가 필요하다네.

자네 아내가 정신적으로 불안정한 사람이라 하더라도 꼭 아내와 의논해보길 바라네.

자네의 벗인 변호사 드웨인 킴이.

벌겋게 상기된 얼굴로 토니가 이메일 창을 열어둔 채 화장실엘 갔습니다. 시드니 스트라스필드의 한국식 피시방은 진짜 한국의 피시방보다 비좁아서 시선을 살짝 돌리기만 해도 옆 사람의 모니터가 보일 정도입니다. 제가 자신의 이메일을 읽은 줄도 모르고 자리로 돌아온 토니는 뒤늦게 창을 닫습니다.

모니터에 시선을 둔 채 저는 울지 않으려고 애씁니다. 토니가 왜 저와 함께 호주로 도망쳤는지 이제야 알 것 같습니다. 무표정한 얼굴 아래에 드리운 슬픔과 절망을 저 자신에게조차 들키지 않으려고 다른 생각을 합니다.

한 남자를 떠올립니다, 3년 전 한국에 혼자 남겨진 남자를.

토니를 떠올립니다.

2013년

호주에서의 첫 겨울입니다.

여기 남동부 쪽은 그다지 춥지도 않고 한국의 초가을 같이 선선합니다. 하지만 호주의 추위는 한 번도 데워지지 않았던 시멘트 바닥에서 올라옵니다. 침대 위에서 자는데도 새벽이면 얼마나 추운지 뼛속까지 시려서 앗, 하며 일어날 때가 종종 있습니다. 그럴 때마다 토니에게서 온기를 느끼려 손을 뻗지만, 그는 침대 끄트머리에서 그것도 제게 등을 돌린 채 자고 있습니다. 추위에 덜덜 떨면서 몸을 동그랗게 말고 자는 모습이 안쓰러워 제가 손을 뻗어 안아주려고 하면 화들짝 놀라며 잠에서 깹니다. 그러고는 제 손이 저수지 밑바닥에서 발을 잡아채는 물

풀이라도 되는 양 진저리를 치며 털어냅니다.

"아? 미안해요."

잠기운을 완전히 쫓아낸 토니가 힘없이 사과합니다. 그도 저처럼 악몽을 꾸는 게 틀림없습니다. 어떤 악몽인지 물어보지 않아도 알 것 같습니다.

우리는 호주로 넘어오기 전에 배를 타고 홍콩을 거쳐 마카오에 들렀습니다. 신분을 세탁하기 위해서이기도 했지만, 망망대해에 던져 넣어야 할 것들이 있었기 때문입니다.

오른손과 왼손과 머리 하나.

자르는 건 토니가 했습니다.

그동안 저는, 숲 속 비포장도로가 끝나는 지점에 차를 대고 기다렸습니다. 좀 전에 토니는 차 트렁크에서 전동 그라인더를 꺼내 짐승들만 다니는 좁은 오솔길로 사라졌습니다. 완전한 어둠이 남편을 집어삼킬까 봐 무서웠습니다.

저는 두려움에 미쳐버리지 않으려고 핸들을 꽉 쥐고 놓지 않습니다.

수풀과 잡목들 사이에서 커다란 뭔가가 불쑥 튀어나옵니다. 놀란 마음에 헤드라이트를 켜고 맙니다. 온통 피를 뒤집어쓴 남편의 모습이 적나라하게 드러나고, 커다란 날벌레들이 본능적으로 죽음의 냄새를 맡고서 그에게 달려듭니다. 저는 얼른 불을 끕니다.

새까만 그림자가 차 뒤쪽으로 다가와 트렁크를 엽니다. 후미등에 벌겋게 물든 남편을 애써 외면하려 하지만 자꾸만 룸미러를 쳐다보게 됩니다. 남편은 트렁크 안에서 김장용 비닐을 꺼내 바닥에 깔고 그 위에서 속옷까지 모두 벗어 담고 있습니다. 물티슈로 머리칼과 겨드랑이와 손발을 꼼꼼하게 닦는 소리와 씩씩대는 콧김 소리가 풀벌레들 소리와 뒤섞입니다.

오른손과 왼손과 머리 하나는 아이스크림 케이크 아이스박스에 담겨 있습니다. 벌거벗은 남편이 진분홍색 아이스박스를 트렁크에 내려놓고 새 옷으로 갈아입습니다. 피 묻은 옷가지들을 싼 비닐도 둥글게 말아 트렁크에 집어넣습니다. 그것들은 여객 터미널로 가는 길에, 미리 준비해둔 페인트 통에 담아 노상에서 불태울 거라고 했습니다.

차 조수석에 올라탄 남편에게서 비릿한 쇠 냄새가 납니다. 남편은 글러브박스에서 돈뭉치와 여권 두 개를 꺼냅니다. 하나는 이한나의 여권이고, 다른 하나는 토니의 것입니다.

"호, 혹시 이 남자도…?"

"아, 아니에요. 술을 잔뜩 먹여서 먼 곳에 버리고 왔어요."

남편의 말로는 중국계 아시아인인 토니는 노숙자 출신의 알코올 중독자라고 합니다. 생김새는 한국인과 비슷한데 술에 절어 영어도 제대로 발음할 줄 모르는 심신 미약자입니다. 그런 사람을 지방 소도시에 버리고 왔으니 한국에서 부랑자나 노숙자로 길거리를 떠돌다 객사할 게 빤합니다.

남편은 그렇게 편취한 토니의 여권을 가지고 저와 함께 마카오로 갔습니다. 거기서 남들 다 하는 슬롯머신 한 번 하지도 않고 호텔 방 안에 틀어박혀 지칠 때까지 몸을 섞었습니다. 그렇게 비루하고 어리석은 섹스는 또 없을 것 같습니다. 어둠과 어둠이 달려들어 서로를 끌어안고 뒤엉켜도 어둠은 비밀처럼 나눌 수 없는 것인데, 그때는 그걸 몰랐습니다.

저의 악몽도 남편의 악몽도 그해 여름의 그 어디쯤에서 헤매고 있을 겁니다.

2012년

장 봐온 비닐봉지를 중문 앞에 내려놓고 한숨 돌립니다. 창문을 열어놓고 나가지 않아 집 안의 공기는 미적지근합니다.

일을 마칠 무렵, 며칠 뒤에 작업할 옥상 방수 처리에 대해 상의하자며 상가 건물주가 찾아오는 바람에 남편은 공방에 남았습니다. 아니, 어쩌면 그건 핑계고 종일 저하고 붙어 있느라 참았던 국제 전화를 걸고 있을지도 모릅니다.

신발을 벗고 막 집 안으로 들어서려는데 누군가 똑똑 현관문을 두드립니다. 저는 남편인가 싶어 반가운 마음에 아무런 의심 없이 문을 엽니다. 문 앞에는 바로 그 여자가 서 있습니다. 남편의 첫사랑이자 내연녀인 이한나 말입니다.

"동민이 아직 안 왔어?"

이한나는 남편과 제가 사는 아파트까지 찾아와 다짜고짜 반말을 하며 남편을 찾습니다.

"할 얘기 있으니까 따라와."

팔을 꽉 붙들고 이한나는 옥외 계단으로 저를 이끕니

다. 그러더니 검은색 철문이 닫히자마자 표독스러운 말투로 따지고 듭니다.

“네까짓 게 뭔데, 이혼을 해주네 마네야? 당장 헤어져!”

남편과 헤어지고 싶지도 않고 헤어질 수도 없습니다. 제 친정집은 대를 이어 육사 출신의 군인 집안이라 딸이 이혼을 한다는 건 있을 수 없는 일입니다.

“동민이한테 나뿐인 거 알지? 걘 나 없으면 안 되는 거 알잖아?”

이한나가 호주로 돌아갔을 때 남편이 집 안에 틀어박혀 폐인처럼 살았다는 이야기를 시누이에게서 전해 들었습니다.

“넌 내 빈자릴 채우기 위해 잠깐 동민이 옆에 갖다 놓은 대용품일 뿐이야.”

사납게 몰아붙이는 여자에게 지지 않고 저도 대꾸를 합니다.

“아니에요. 그렇지 않아요.”

“멍청한 년, 아버님이 췌장암만 아니었으면 넌 이 결혼 못했어.”

저는 속에서 끓어오르는 분노를 느낍니다.

“아니에요. 아무리 그래도 싫어하는 여자와 결혼할 리

없잖아요."

"웃기고 있네. 우리 사이엔 아무도 끊어낼 수 없는 운명이 있어. 알겠어?"

이 여자의 어디서 이런 뻔뻔함과 자신감이 샘솟는 걸까 생각하다 그게 다 제 남편한테서 나온다는 걸 깨닫고 가슴이 답답해집니다.

"넌 그냥 동민이한테 리얼돌 같은 거야!"

"뭐라고요?"

"헤어질 수 없으면…."

갑자기 이한나가 제 팔을 잡아당깁니다.

"그냥 죽어!"

절 계단에서 넘어뜨리고 7층 층계참에서 아래로 떠밀려고 합니다.

그때 이한나의 목에 감겨 있는 스카프가 제 눈에 들어옵니다. 분홍 바탕에 회색 해골이 그려진 실크 스카프인데 제게도 똑같은 브랜드, 똑같은 디자인의 스카프가 있습니다. 남편이 선물한 것입니다.

저도 모르게 두 손을 뻗어 스카프를 거머쥡니다. 남편이 이 여자한테도 똑같은 스카프를 선물했을 거라곤 생각지도 못한 채, 이건 내 거야! 이것까지 빼앗길 순 없어!

속으로 소리치며 스카프를 힘껏 잡아당깁니다.

이한나가 꺽꺽거리며 뒤로 물러납니다. 용케 놓치지 않고 제 두 손에는 스카프의 양쪽 끝자락이 쥐어져 있습니다. 저는 부드러운 실크 자락을 몇 번이고 휘감아 쥐고서 손바닥이 아릴 때까지 잡아당깁니다.

그러자 이한나가 스카프를 쥐어뜯으며 앞으로 고꾸라집니다. 등 뒤에 올라타 손가락의 실핏줄이 터질 때까지 악력을 풀지 않습니다. 시멘트 계단 위에 팔다리가 축 늘어질 때까지 조이기를 멈추지 않습니다.

그때 어떻게 알고 왔는지 한달음에 달려온 남편이 제 손목을 덥석 붙잡습니다. 어찌나 세게 잡는지 손목이 부러질 것 같습니다. 저는 그제야 멈추고 차마 남편 얼굴을 바라볼 수 없어 일어나 옆으로 비켜납니다.

남편은 계단 위에 널브러진 몸을 끌어안고 스카프를 풀어냅니다.

"약속에 늦어서 미안해."

남편이 여자의 식어버린 얼굴에 볼을 가져다 대고 비벼대며 몸을 앞뒤로 흔들어댑니다. 차가운 입술에 입술을 맞대며 생명의 숨결을 나누어주려 합니다.

참으로 이기적이고 못된 생각인 줄 알지만 두 사람이

그러고 있는 꼴을 저는 보고 싶지 않습니다. 저쪽에서 먼저 공격했고 이쪽은 정당방위였을 뿐이라고 소리 지르고 싶습니다.

마침내, 되돌릴 수 없음을 깨달은 남편이 천천히 일어나 시체를 둘러업습니다. 한 발 한 발 힘겹게 계단을 딛고 내려갑니다. 저도 그 뒤를 따릅니다. 1층에 다다랐을 때 제가 앞으로 나서 옥외 계단 철문의 손잡이에 손을 뻗습니다.

"맨손으로 열지 마요."

저는 남편의 말대로 윗옷 자락을 거머쥔 채 철문을 엽니다. 빼꼼히 고개만 내밀어 인기척을 살핀 후 우리는 1층 복도로 나갑니다. 여긴 복도형 아파트라서 1층 복도 난간에서 아래로 뛰어내릴 수 있습니다. 그렇게 하면 중앙 출입문의 CCTV를 피할 수 있습니다.

1층 복도에서 화단 쪽으로 남편이 시체를 천천히 아래로 내려 보냅니다. 그런 다음 훌쩍 뛰어내려 우물쭈물하는 저를 밑에서 받아줍니다.

점점 무거워지는 시체를 둘러업고서도 남편은 지뢰밭에 꽂힌 표식을 보고 발을 내딛는 군인처럼 신중하게 CCTV 사각지대를 따라 움직입니다. 후임병처럼 저도 조심조심 남편의 뒤를 따릅니다.

놀이터 CCTV 기둥 뒤쪽을 지나쳐 아파트 담장을 넘습니다. 그러자 도로변에 서 있는 흰색 소나타 한 대가 눈에 들어옵니다. 남편은 호주머니에서 차 키를 꺼내 문을 열고 시체를 차 뒷좌석에 눕힙니다.

차량용 블랙박스도 내비게이션도 없는 낡고 낯선 차입니다.

"대포차니까 걱정 마요. 홍콩 거쳐서 마카오로 배 타고 가서 이 차를 중고로 헐값에 넘기기로 했으니까요."

조수석에 앉고 나서야 저는 마음 편하게 숨을 내쉽니다.

"지금부터 내가 하는 말 잘 들어요."

남편이 차에 시동을 걸면서 나지막한 목소리로 다그칩니다.

"지연 씨가 선택해요. 여기서 살인죄로 잡혀서 감방에서 살 건지, 이한나로 호주에 가서 좀 잠잠해지면 다시 한국으로 들어올 건지 결정해요. 다른 건 다 준비되어 있어요. 지연 씨가 결정하면 돼요."

다 준비되어 있다는 게 무슨 말인지, 언제부터 준비한 것인지 알 수가 없습니다.

"전…."

목이 잠겨, 목소리가 구둣발로 시멘트 바닥 위를 문지르는 것처럼 갈라져 나옵니다.

"잘 모르겠어요. 미안해요. 실수예요. 바보같이 돌이킬 수 없는 실수를 했어요."

저는 펑펑 울고 싶지만, 남편이 울고 있어서 울지 못합니다. 남편은 지금 자신이 눈물을 흘리고 있다는 사실조차 모르는 것 같습니다.

"전 호주에서 꼭 찾아야 할 게 있어서 어떻게든 가야 해요. 하지만 한나가 죽은 게 당분간 알려지면 안 돼요. 그래서 부탁할게요. 따라가지 않아도 좋은데 몇 달만 어디 숨어 있어요. 네?"

"아니에요. 저도 함께 가겠어요."

나락의 밑바닥을 혼자보다는 둘이서 걷는 게 더 나을 것입니다. 하지만 시체를 끌어안고 남편이 중얼거렸던 말이 내내 마음에 걸립니다.

약속에 늦어서 미안해….

두 사람이 어떤 약속을 했는지 저는 짐작도 가지 않습니다.

아니, 어쩌면 아주 오래전에 이미 예감했던 일인지도

모릅니다.

2010년

남자는 왜 하필 이 무더위에 직접 노를 저으려 하는지 알 수가 없습니다. 배 이물 칸에 다소곳이 앉아 있기도 따분해 저는 한쪽 팔을 늘어뜨려 손가락 사이로 빠져나가는 물결을 느껴봅니다.

바람 한 점 없이 후텁지근합니다. 머리카락이 땀에 젖어 자꾸만 목덜미에 들러붙습니다.

“덥죠? 우리 물속에 확 뛰어들어 버릴까요?”

아버지가 주선한 맞선 남에게 이런 충동적인 면이 있다니, 놀라서 눈을 동그랗게 뜹니다.

“수영 못해요.”

“나도요.”

남자가 개구쟁이처럼 웃습니다. 남자의 웃음소리가 무더위 속에서 경쾌하게 물수제비를 뜨며 날아갑니다.

“우리가 빠져서 허우적거리는 걸 보고 사람들이 구하러 올 땐 이미 늦겠죠?”

저는 몸을 돌려 나루터 쪽을 바라봅니다. 거기엔 방수포를 뒤집어쓴 배들과 페인트칠 벗겨진 오리배들이 둥실둥실 떠 있을 뿐 사람이라곤 그림자조차 보이질 않습니다.

그 순간 배가 흔들렸고 남자가 노를 놓칩니다. 풍덩, 소리와 함께 수면에 커다란 물결무늬가 일어납니다.

우리는 그렇게 노를 놓친 배 위에서 서로를 마주 보며 가만히 앉아 있습니다. 약속된 시간이 다 되어 배 주인이 모터보트를 타고 우리를 찾으러 올 때까지 저수지 한가운데서 표류합니다.

될 대로 되라는 식으로 남자가 만세를 하며 뒤로 벌렁 드러누워 버립니다. 순간, 이렇게 있는 것도 나쁘지만은 않다는 생각이 듭니다.

"김지연 씨, 저하고 결혼할래요?"

정말 미안해요.

다시 한번 말하지만 만약 나의 기이한 성향을 못 참겠다면

지금 떠나요.

나를 버려줘요. 제발.

웨딩 증후군

김재희

윤복은 어릴 적부터 잘생겼다는 말을 많이 들었다. 생후 20개월부터 아기 모델을 제의받았고, 유치원 소풍으로 민속촌에 갔을 때는 윤복에게만 외국인 관광객이 몰려들어 사진을 찍었고, 과자를 쥐어주었다. 중고등학교 때 밸런타인데이 같은 날이면 사물함이 선물로 꽉꽉 들어찼고, 서른이 된 지금도 아이돌이 되어보지 않겠냐고 길거리에서 종종 명함을 받는다.

그는 지금 왁싱숍에서 브라질리언 왁싱을 받고 있다. 헬스클럽에서 집중적으로 피티를 받아 몸을 만든 뒤 보디프로필 사진을 찍기로 했다. 사진을 선별해 인스타그램에 올리면 자기관리에 충실한 사람이라는 느낌을 줄 수 있을 것이다.

오늘도 5만 팔로워 중 수십 명의 여성들이 운전대를 잡고 찍은 윤복의 셀카 사진에 댓글을 달아주었다.

외국인 여성들은 하트 이모티콘과 함께 'Cooool!', 'handsome', 'good-looking' 등의 댓글을 달았다. 한국인 여성들은 '멋져요', '오빠 어디 커피 마셔요?'라며 호기심을 드러냈다.

30대의 여성 왁싱사는 마스크를 쓰고 라텍스 장갑을 낀 손으로 라이콘 왁싱액을 윤복의 성기에 부었다.

"조금 뜨겁습니다."

윤복은 왁싱을 받으면서 오늘 일정을 떠올렸다. 청담동의 티클래스에 가서 중년 부인들에게 보험 가입과 재무 설계를 권하고 계약을 몇 건 성사시켜야 한다. 이달 목표액을 채우기 위해서 오늘은 무척 중요한 날이다. 그래서 브라질리언뿐 아니라, 페이스 왁싱도 하기로 했다. 윤복은 종신 보험과 연금 보험 가입을 몇 건 더 따내면 좋겠다고 생각하면서 왁싱사에게 물었다.

"원장님, 특약 조건이 좋은 설계 상품 새로 나온 게 있는데요."

"아…, 그래요?"

왁싱사는 예의상 미소 짓는 듯 보였다.

"지금 비혼이시잖아요? 비혼들을 위한 보험 상품이 나왔어요. 각종 질병과 사고를 보장해주고, 특별히 가족이 없는 분들은 간병인 지원까지 해주거든요. 여성이 많이 걸리는 갑상선암이나 유방암 진단을 받을 경우 보상금이 꽤 많이 나와서요. 특별히 권해드리고 싶어요."

윤복의 말에 왁싱사는 부드러운 미소와 함께 능숙하게 왁싱을 계속 진행했다.

"눈썹부터 다듬어드릴게요. 수염은 구레나룻도 모두 정리하실 거죠?"

"네, 그렇게 해주세요."

왁싱사는 페이스 왁싱을 하면서 눈썹과 수염을 모두 깔끔하게 제거했다.

얼굴이 화끈거렸지만 진정 팩을 하니 조금은 나아졌다. 탈의실에서 가벼운 피부 톤 업 화장을 했다. 윤복은 숍을 나와 BMW X3를 몰고 청담동으로 향했다. 좀 무리해서 할부로 산 차였다.

호텔의 양식당 룸을 빌려 개최한 티클래스에는 10여 명의 여성들이 참석해 있었다. 윤복의 단골인 김 여사가 참여하는 봉사단체의 사모님들로 대기업 중역 부인, 의사나 약사 혹은 중소기업 사업가들이었다.

"오늘 죽이는데."

윤복은 룸에 들어가기 전에 복도에 있는 거울로 잠시 자신의 얼굴을 체크했다. 페이스 왁싱을 해도 전혀 붉어지지 않고 탄력 있는 백옥 도자기 같은 피부는 자기가 봐도 흐뭇했다. 여드름도 없고 잡티도 거의 없다. 헤어라인과 수염을 모두 제거해서 더욱 매끄러워졌다. 머리는 정확하게 가르마를 타서 이탈리아 남성 스타일로 정돈했다.

항상 단정한 디올 옴므 슈트를 입고, 구두는 구찌, 가방은 에르메스를 들었다. 월급으로 살 수 없는 명품의 절반은 선물로 받은 것들이다. 김 여사가 사준 것도 있었다. 오늘따라 김 여사는 40대 후반의 나이에 어울리게 우아한 연한 핑크색 데이드레스를 입고 진주 귀고리를 했다. 윤복을 사적으로 만나 식사를 할 때는 늘 몸에 딱 붙는 니트나 시스루 블라우스에 미니스커트 혹은 클리비지가 보이는 랩 원피스를 입거나 했다. 볼륨이 있어 그런대로 글래머로 보이긴 했지만 그래도 나이를 숨길 수는 없었다.

테이블 위에 금박이 박힌 앤티크 빈티지 접시 위로 색

색의 꽃들과 마카롱, 샌드위치, 피낭시에, 스콘, 케이크 등이 보기 좋게 담겨 있었다. 티클래스 사범이 일일이 다도를 설명하면서 조용히 홍차를 따라 시음하게 했다.

"자, 오늘 티클래스 마치면 재무 설계사 오신다고 했죠? 소개해드릴게요. 외국계 회사 블루레몬라이프 아시죠? 윤복 대리님은 정말 제게 큰 도움을 주었어요. 제가 이런 티클래스를 정식으로 개최할 수 있게 된 것도 다 대리님이 좋은 주식 정보를 준 덕분이랍니다. 그리고 우리 여성들에게 꼭 필요한 질병 보장 상품을 소개해주셔서 지난번에 자궁내막증 수술 후에 전액 환급과 보상을 받았어요. 인사하세요, 대리님."

"안녕하세요. 저는 블루레몬라이프의 심윤복 대리입니다."

윤복은 명함을 돌리면서 자신을 향한 김 여사의 윙크에 살짝 웃어주었다. 잘생긴 얼굴을 마스크로 가리는 것이 아쉽지만, 눈빛으로도 좌중을 사로잡을 자신이 있었다.

인간의 3대 욕구는 수면욕, 식욕, 성욕인데 오늘날 수면욕은 '직장에 다니지 않을 자유', 식욕은 '마르지 않는 재물', 성욕은 '소비 욕구'로 발현된다는 얘기를 어딘가에서 읽은 적이 있다. 자신은 중년 부인들의 사랑받고 싶은 욕구를 소비 욕구로 충족시켜준다는 생각이 들었다. 재무 설계를 해주고 미래를 보장해주는 보험 상품을 팔면서.

오늘도 꽤 괜찮은 성과를 올릴 수 있을 것 같았다. 삶의 헛헛함을 달래기 위해 마카롱이나 쿠키를 여러 번 집어먹는 우아한 사모님 몇 명을 눈여겨보았다.

손가락에 다양한 색의 묘안석 반지를 낀 여자, 머리를 높이 세팅해 단정하게 꾸민 여자, 살집이 있고 눈빛이 나른해 보이는 여자, 마지막으로 안경을 낀 비뇨기과 과장 등이 그의 타깃이었다.

윤복은 자세한 상품 설명과 안내를 하면서 한 명 한 명과 눈을 맞추고, 정성껏 질문에 답했다. 설명회가 끝났다.

윤복은 넥타이와 커프스 그리고 다이아몬드 부토니에르를 세심하게 만지고, 마지막으로 이마로 흘러내린 머리카락을 조심히 넘기면서 차분한 목소리로 말을 이었다.

"이렇게 아름다운 분들을 모시고 재무 설계를 해드리게 된 걸 영광으로 생각합니다. 오늘 뵌 분들은 평생 제 고객으로 여기고 상담해드리고자 합니다. 저는 문자나 톡보다는 직접 통화하는 것을 선호하는 아날로그형입니다. 직접 찾아뵙고 재무 상담을 해드리는 걸 제 천직이라 여기거든요. 코로나 시국이지만 단둘이 갖는 비즈니스 미팅은 괜찮습니다. 제 명함 잘 갖고 계시다가 언제든 전화 주세요. 자택이나 직장으로 편한 시간에 찾아뵙고 좀 더 자세히 설명해드리겠습니다."

여성 회원들이 박수를 치면서 함박웃음을 지으며 고개를 끄덕거렸다. 살집이 있는 여성은 재무 상품을 물어봤고, 보석 반지를 낀 회원은 홍차를 직접 따라주었다.

그날 저녁 윤복은 큰 액수의 보험과 재무 설계 계약을 여섯 건이나 따내고 의기양양하게 집으로 돌아왔다. 김 여사에게 고맙다고 톡을 보냈다.

–미정 씨, 고마워요. 덕분에 큰 건을 많이 성사시켰어요~~^^

흥분한 상태에서 톡을 보내면 상대방에게 주도권을 주게 되어 꺼렸지만, 이번에는 김 여사에게 정말 감사했다. 김 여사는 사모님이라는 단어를 질색했고, 대신 이름을 불러주면 무척 좋아했다. 날 때부터 사모님 소리를 듣는 엄마 밑에서 자란 딸이 대기업 사장 아내가 되어 사모님 소리를 듣는 게 질린다나.

-다 윤복 대리님이 잘난 덕이지, 뭐. 나중에 한턱 쏘기, 알았지? 오늘 정말 멋지더라.

-미정 씨, 곧 연락할게요. 이거는 선물^^**∬♥♥

윤복은 김 여사에게 스타벅스의 '오늘도 달달하게 커피와 가나슈 케이크' 기프티콘을 보냈다.

김 여사는 가끔 윤복에게 의미심장한 목소리로 술 마시자고 했지만, 윤복은 한 번도 그 부탁을 들어준 적이 없다. 매력을 이용해 계약을 따내지만, 사적인 관계는 갖지 않는다. 윤복의 철칙이다.

언젠가 긴자에서 잘나가는 호스트바 사장의 인터뷰 영상을 유튜브에서 본 적이 있었다. 그는 단호하게 말했다.

"에도시대의 게이샤는 단골손님 손가락 끝을 슬쩍 잡아주면서 나를 따로 만나려면 집 한 채는 해와야 만나준다는 아우라를 풍겼습니다. 저희도 마찬가지입니다. 여성 손님들에게 매력을 어필하고 고민을 들어주고 술을 따라주지만, 함부로 관계를 갖지 않습니다. 사랑을 하면 공과 사가 없어지게 되고, 손님과 개인적인 관계를 맺으면 사심이 들어가 감정에 휘둘립니다. 지킬 것은 지킵니다. 그게 우리의 매너입니다."

윤복은 이 일을 하면서 자신의 외모에 혹하는 계약자들이 많다는 걸 깨닫고 난 뒤부터 픽업 아티스트가 쓴 책이나 인터뷰 영상을 보고 세심하게 그들의 기술을 익혔다. 패션 잡지를 보며 신경 써서 옷차림을 연출했다. 그랬더니 매출액이 네 배나 오르고, 단골이 다른 고객을 소개해주었다.

덕분에 잡지 인터뷰도 몇 건 했고, 직업을 소개하는 유튜브에도 출연했다. 연봉은 거뜬히 1억을 넘었다.

윤복은 요즘 기본 상식이라는 '반반결혼'에 동의하지 않았다. 신부도 집값과 생활비를 반 내는 결혼은 손해라 여겼다. 자신은 여자가 모든 걸 다 해오는 조건으로 결혼하리라 마음먹었다.

결혼 정보 업체 소개로 지금 만나고 있는 성주희는 그런 자신에게 딱 맞는 상대였다.

대학병원 피부과 레지던트인 두 살 연상이었다. 얼굴은 단정하게 생겼고 중간키에 보통 체격이고 조용하고 다정한 성격이었다. 결혼 상대로 괜찮은 성격인 데다 무엇보다 조건이 끌렸다.

주말 오전. 윤복은 주희와 데이트하기 위해 집을 나섰다. 약속 장소는 마포역 드림웨딩홀. 주희의 동료 결혼식이었다. 주희는 하얀색 원피스를 입고 왔다. 베이지색 트렌치코트를 팔에 걸치고 있었다. 하얀 옷은 결혼식 하객 복장으로 피한다고 하는데 의아했다. 오늘이 열세 번째 데이트였고, 그중 다섯 번은 공교롭게도 주희의 친구나 동기, 혹은 아는 언니, 직장 동료 등의 결혼식이었다.

혼인 서약과 결혼식 축가가 이어지는 동안 주희는 손수건을 쥐고 내내 희열에 찬 얼굴로 눈물을 흘렸다.

피로연에서 그녀는 신부에게 다가가 가볍게 포옹을 했다. 신부의 표정이 살짝 굳어졌다.

뷔페 음식을 들고 자리에 앉은 윤복이 다정하게 물었다.

“오늘은 누구 결혼식이죠?”

“같이 일하는 간호사예요. 신랑도 병원 원무과에서 근무하고요.”

“그렇군요. 이거 두 개 가져왔어요. 큐브 스테이크를 바로 직화로 굽더라고요.”

“고마워요, 음…, 맛있다.”

“근데 신부 표정 보니까… 별로 가까운 사이는 아니

죠?"

"아, 내가 민폐 하객인가? 담부터는 의상 조심해야겠네. 입을 옷이 없어서 하얀색을 입기는 했지만."

그렇게 말하면서 주희는 얼른 트렌치코트를 입고 목까지 단추를 채웠다. 어릴 적부터 엄격한 부모님 밑에서 자랐다고 했다. 늘 예의 바르게 말했고, 청결을 중시하는지 손을 자주 씻고 핸드크림을 자주 발랐다.

윤복은 커피머신에서 커피 두 잔을 내려왔다.

"나가서 맛있는 커피 살게요. 여긴 이거밖에 없네."

"아, 고마워요."

식사를 마치고 자리에서 일어서다가 윤복은 테이블 밑에서 주희의 디올 틴트를 발견했다. 그것을 주워서 그녀에게 건넸다.

"어? 이거 잃어버릴 뻔했다."

"아차차, 고마워요."

주희는 틴트를 핸드백에 넣고 윤복의 손을 슬쩍 잡고 나갔다.

결혼식장에서 나와 커피를 마신 뒤 주희를 집까지 태워다 주려는데 그녀가 제안했다.

"우리 술 마실까요?"

"나 보디 프로필 찍으려면 술 마시면 안 되는데."

"조금은 괜찮지 않아요?"

"그럴까요?"

두 사람은 주희가 사는 아파트 주차장에 차를 대고 동네 칵테일 바로 들어갔다. 그는 무알코올 피나콜라다를, 주희는 마티니를 주문했다.

윤복은 화이트데이에 꽃바구니를 보낸다는 핑계로 주희의 주소를 알아내 등기부등본을 떼어보았다. 결혼 정보 업체 자료를 통해 그녀의 아버지가 병원장이라는 건 알고 있었고, 지금 사는 성수동 아파트가 그녀의 명의라는 것도 알게 되었다. 평소 어장 관리하듯 지내던 여자들을 모두 정리하고 주희에게 5개월째 집중하고 있었다. 패션 감각이나 외모는 자신보다 못했고 향수도 윤복의 취향은 아니었지만, 그 정도는 감내할 수 있었다.

윤복은 신중하게 주희와 관계를 이어오고 있었다. 그런데 주희는 그동안 썸 타던 여성들과 다르게 조신한 듯한데 의외로 적극적인 면도 느껴졌다. 먼저 술 마시자고 하는 것도 그렇고 술 한 모금 들어가자 자연스럽게 윤복의 손등을 따듯하게 쓰다듬었다.

윤복은 그런 주희의 손을 맞잡고 눈을 맞추면서 말을

꺼냈다.

"그런데 주희 씨 나이가 결혼 적령기인가? 왜 이렇게 결혼식장에서 자주 만나지?"

"어 그게, 그러니까 주변 사람들이 자꾸 가서 그러네. 난 결혼식을 보면 성스러움을 느껴요. 아름답잖아. 수많은 사람들 중에 저 사람을 내 짝으로 맞아 여러 사람들에게 알리는 게 신성하다고나 할까?"

"그래서 그렇게 눈물을 흘렸던 거예요?"

윤복은 그녀가 의대에서 공부만 해서 보통 사람과 다른 순수한 면이 있는지도 모르겠다는 생각이 들었다. 의외로 덜렁거리는 면도 있는지 무엇인가를 자주 흘리기도 했다. 그녀가 흘린 5만 원짜리 지폐나 화장품 팩트, 립스틱 같은 것을 주워준 적이 몇 번 있었다. 언젠가 영화관에서 휴대전화를 놓고 갈 뻔한 적도 있었고, 한번은 레스토랑에서 팔찌를 두고 가려 했다. 심지어 같이 쇼핑한 속옷이 든 쇼핑백도 놓고 갈 뻔했다.

덜렁거리는 성격과 의학 공부가 왠지 어울리지 않았지만, 병원 홈페이지에 들어가 보니 각종 행사 사진에서 그녀의 얼굴을 발견할 수 있었다. 전임의가 아니어서 정식 소개는 없지만, 결혼 정보 업체에서 보낸 신원 확인 서류도 검토했고 몇 사람을 통해 의대 학적부를 알아보니 졸업생이 맞았다. 윤복은 돌다리도 하나하나 두드려 가면서, 주희와 결혼할 날만을 꼽고 있었다.

윤복은 그녀에게 미소를 지으며 무알코올 피나콜라다를 한 모금 삼켰다.

윤복은 이번 달 명품을 사는 바람에 차량 대금이 연체될 것 같아 아르바이트를 하기로 했다. 대금 연체로 신용등급을 떨어뜨릴 수는 없었다. 잘생긴 얼굴을 이용해 스폰서를 하나 물라고 우스갯소리를 하는 친구도 있었지만 그럴 수는 없었다. 돈 많은 여자들 중에 비슷한 제안을 하는 사람도 있었지만 기분 나쁘지 않게 거절했다. 대신 하객 대행 아르바이트를 했다. 일당은 두 시간에 6만 원이지만, 근처에 예식이 또 있으면 하루에 10만 원도 넘게 벌 수 있고 겸사겸사 결혼에 대한 여러 가지 정보를 조사할 수 있어 일석이조라고 생각했다. 외모 덕에 일거리는 어렵지 않게 들어왔다.

오늘은 강남역에 위치한 결혼식장에 슈트를 입고 신랑 친구 역할을 하기로 했다.

예식장 건물 3층 그랜드홀로 올라가 하객석에 자리 잡

았는데 주희의 얼굴이 보였다. 하얀색 시스루 오간자 블라우스를 입은 그녀는 젊은 여성 하객 중 단연 돋보였다.

하객 대행 아르바이트 하는 모습을 주희에게 들킬 수는 없었다. 윤복이 아르바이트 대금을 포기하고 나가려는데 큰 소리가 들렸다. 몸을 틀어 뒤를 돌아보니, 신랑이 주희에게 얼굴을 붉히며 말하고 있었다.

"야, 설마 내 결혼식에 올 줄은 몰랐네!"

윤복은 나가려다 말고 기둥 뒤에 숨어 지켜보았다. 신랑 친구들이 주희에게 다가와 달래듯이 말했다.

"오늘은 좋은 날이니까, 그냥 돌아가 주십시오."

"저 가만히 있을 테니, 결혼식 준비하세요."

주희는 조용하지만 단호하게 말했다. 그러고는 자리에 앉아 다리를 꼰 채 샤넬 2.55인치 빈티지 핸드백을 무릎 위에 올렸다. 안 나가겠다는 의지가 보였다.

신랑이 인상을 찡그리고 식장을 나갔다. 15분 후 결혼식이 시작되었다.

윤복은 주희의 자리에서 오른쪽 대각선 위치에 조용히 앉아 몰래 그녀를 지켜보았다.

주희는 결혼식 내내 손수건으로 눈물을 닦았다.

'대체 뭐지? 무슨 사연일까?'

주희는 식이 끝나고 나서야 울음을 그쳤다. 그리고 핸드백을 정리하다가 작은 향수병을 떨어뜨렸다. 분명 의도적이었다. 그냥 우연히 흘린 게 아니라, 일부러 슬쩍 핸드백을 기울여 에르메스 미니어처 향수병을 떨어뜨렸다.

등골이 서늘했다. 일부러 벌인 일에 번번이 소지품을 챙겨준 자신이 부끄러웠다.

윤복은 주희가 완전히 떠난 걸 보고 미니어처 향수병을 슬쩍 주워 주머니에 넣었다.

식이 끝나고 신랑 측 친구로부터 하객 대행 비용을 받고 나오는데 친구들끼리 하는 말이 들렸다.

"그러니까 그 의사인가 하는 전 여친 때문에 겁나서 친구들도 다 못 부르고 알바를 부른 거야?"

"그렇다니까. 전 여친이 꼭 결혼식에 참석한다고 했다나 봐."

"뭐 오래 사귄 사이도 아니잖아."

"아무리 그래도 좀. 원래 별난 여자라고는 했는데. 나도 잘 모르겠어."

"됐어. 다 끝났는데 뭐. 가서 술이나 마시자."

친구들이 몇 마디 주고받더니 식당으로 사라졌다.

다음 날부터 윤복은 주희를 좀 더 캐보기 위해, 인스타그램 계정 댓글이나 다른 사람들과의 교류를 유심히 살폈다. 사무실에서 실적을 정리하다가 잠깐 SNS를 살피는데, 주희의 계정에 이런 댓글이 달렸다.

sas10`96 이제 정말 못 참겠다. 아직도 그러고 다니냐? 남 좋은 날에 가서 무례한 하객 복장과 그 가식적인 악어의 눈물은 뭐냐? 소문 다 들려온다.

댓글 계정에 가봤는데 게시된 글이 전혀 없었다. 이상한 생각에 다이렉트 메시지로 주희와 친구 사이인데 무슨 불편한 일이라도 있었는지 조심스럽게 떠보았지만 답이 없었다.

윤복은 댓글을 단 아이디를 조합해서 이것저것 서치하다가 비슷한 계정을 발견했다. 네일숍에서 일하는 여성의 계정인데, 주리루카 네일숍, 나민서 실장이었다. 윤복은 네일과 페디 케어를 예약하고 숍을 찾았다. 긴 염색머리에 회색 브리지, 손톱에는 스와로브스키 크리스털 네일을 한 여성이 명함을 주면서 다가왔다.

"요즘은 남자 손님도 무척 많으세요. 영업 일 하시는

분이 많이들 관리하시죠."

윤복은 고개를 끄덕이면서 미소 지었다.

"네. 비슷한 일 해요."

"앞으로 자주 받으실 거면 회원 예치금을 미리 넣어주시면 좋아요. 25퍼센트 할인 들어가요."

윤복은 말을 꺼낼까 말까 망설였지만 결혼까지 생각하는 마당에 알 건 알아야 했다.

"성주희 씨, 아시죠?"

네일 관리를 마치고 발톱을 다듬던 나민서의 표정이 굳어졌다.

"네?"

긴장한 목소리였다.

"이 댓글 다신 분 맞죠?"

윤복은 그녀에게 스마트폰 화면을 보여줬다. 나민서가 아랫입술을 깨물었다. 윤복은 자신이 주희와 사귀는 사람이고, 결혼을 생각하는 진지한 사이라고 말했다. 그녀가 발톱을 다듬으면서 니퍼로 살집을 잡아 뜯었다.

"아! 아파요."

"죄송합니다. 걔 생각만 하면."

"커피 한잔 하실래요?"

두 사람은 근처 커피숍에 자리를 잡았다.

"주희가 민폐 하객이라 그런 댓글을 다신 건가요?"

"그런 단순한 일 아니에요."

"무슨 일이죠? 대체?"

"주희랑은 고등학교 2학년 때부터 같은 반이라 친구로 지냈거든요…."

나민서가 시니컬한 웃음을 지으며 말을 이었다.

"제 남친하고 사귀었더라고요."

그런 거였나 하는 표정으로 보는데 나민서가 싸늘하게 말했다.

"사귀다 스스로 진상 짓을 해서 제 남자 친구가 차게끔 만들었어요. 전 그 자식도 개도 1년간 안 봤는데, 헤어진 지 1년 후에 그 자식이 결혼한다는 걸 알았어요. 근데 나중에 들었는데 주희가 그 자식 결혼식에 버젓이 나타났대요."

윤복은 무슨 말인지 이해가 되지 않았다.

"그러니까 나민서 씨 남친과 바람피운 사람이 주희이고, 지금 그 남자는 다른 여자하고 결혼했는데 거기 나타났다는, 뭐 그런 말씀인가요?"

"네. 정확하게 맞아요. 제가 자리를 오래 비울 수 없으니, 연락처 주세요. 그리고 한 가지 확실한 건 주희는 보통의 방법으로는 만족감을 느낄 수가 없는 애예요. 걔는 성적인 만족감을 다르게 느껴요."

방금 들은 말의 해석에 골몰하던 윤복은 나민서에게 연락처를 건네고 자리에서 일어났다.

며칠 후 나민서가 톡으로 링크를 보내왔다.

여성 유저들이 많은 사이트의 자유게시판이었다. 윤복은 링크를 눌렀다.

<제 친구의 기이한 행태를 고발합니다>

안녕하세요, 저는 30대 초반의 흔녀입니다. 제 고등학교 동기 친구를 고발합니다.

가장 화력이 센 곳이 이 게시판이라 부득이하게 올립니다.

편하게 'JH'라고 칭할게요. 그 아이는 고등학교 때 집안이 괜찮고 공부도 무척 잘해서 제법 유명한 아이였습니다. 모범생이라 선생님들도 좋아했고요. 그런데 행동이 조금 이상했어요.

꽉 짜인 학원 스케줄 내내, 소지품을 흘리거나 잃어버려요. 틴트나 작은 향수병부터 시작해서 폰, 심지어 체크카드나 아이패드도 잃어버리기도 했는데, 친구들이 챙기거나 찾아주면 그냥 그런 표정을 지어요. 고맙다고는 하는데 진심 같지 않거든요.
하여간에 어찌어찌 걔는 의대에 진학했고, 저는 실용디자인과에 들어갔습니다. 같은 대학이었는데, 이 친구가 하는 짓이 묘했어요. 남자 친구가 자주 바뀌는 분위기였는데, 늘 남자에게 차여요. 그럼 울고불고하면서 연애 상담을 해왔는데, 이상하게 묘하게 기분이 좋아 보였거든요.
아무튼 그런 일이 몇 번 있었습니다.
이제 제가 겪은 싸한 일을 말씀드릴게요. 전 남친이지만, 편의상 남친이라 지칭할게요.
JH는 제가 사귀던 남친을 저 몰래 적극적으로 대시해서 뒤로 만났어요. 알아요, 제 남친이 쓰레기라는 걸. 하지만 걔가 피부과 레지던트에 집안도 잘살고, 아버지는 의사고, 아파트도 자기 명의라는 걸 안 남친이 조금 혹했나 봐요.
그래서 저 모르게 몇 번 만났는데 이상하게 너무 적극적이고 진도가 엄청 빨랐대요. 제 남친은 여러 조건도 부담스럽고 갑자기 싸늘하게 돌변하는 등 이상해서 JH를 다시는 안 만났다더군요.
그 이야기를 저는 남친에게 나중에 듣고 JH에게 먼저 들었어요. 자기가 제 남친을 간봤는데 안 넘어오더래요. 저는 화가 나서 그 자리에서 일어나 나가려는데, 갑자기 울며불며 붙잡더니 자기 증상 좀 들어달래요. 오랜 친구니까 말한다고요.

자기는 누군가 자기 물건을 훔쳐가면 기분 좋아지는 증상이 있다나?

대체 뭔 일이냐 하면, 자기랑 섹스하고 자기를 발로 차버린 남자의 결혼식에 가면 희열이 느껴진대요.

이게 대체 무슨 말인지 저는 정말 10년 넘은 친구인데도 몰랐던 거예요.

알고 보니 그렇게 도난당하기 위해 물건을 흘리고, 남자를 유혹해서 자고는 진상 짓을 해서 남자가 자기를 차게 만들어요. 그리고 그 남자의 결혼식에 아무렇지도 않게 나타나는 거죠. 자신에게서 남자를 빼앗고 결혼식의 성스러운 분위기에 도취된 신부의 얼굴을 보면 눈물이 난다나?

어떤 남자를 목표로 삼으면 여자 친구가 있건 약혼녀가 있건 가리지 않는대요.

정말 소시오패스 같은 년이더라고요. 2년도 더 넘은 일이지만, 아직도 걔가 그런 짓거리를 하고 다니고 있어 고발합니다.

여기서 한마디 할게요!

야, JH야. 남의 결혼식에서 울고불고 이상한 변태 짓 멈추고 어서 치료받아라! 내가 네 병명 찾느라 논문을 얼마나 조사한 줄 알아?

너! 크레마스티스토필리아 증후군이야. 동료 정신과 닥터 만나서

고치도록 하고 다시는 나한테 연락하지 마. 그리고 이 링크 그대로 네 현재 남친한테 보낸다.

알아서 정신 차려라!

이렇게 글이 끝나 있었다. 윤복은 기분이 얼떨떨했다. 그리고 왜 자신이 아직도 주희와 헤어지지 않았는지 알 수 있었다. 윤복은 그녀와 자지 않았다. 그래서 아직까지 만나고 있는 것이다.

윤복은 검색 사이트에 들어가 그 생소한 단어를 찾아보았다.

크레마스티스토필리아(Chremastistophilia) 증후군: 도난을 당하는 데서 성적 흥분을 느끼는 증후군.

주희는 자신과 섹스를 했던 남성이 다른 여자와 결혼하는 모습을 보면서 오르가슴을 느껴왔던 것이다.

윤복은 며칠 뒤 주희와 약속을 잡았다. 그녀가 떨어뜨렸던 향수병을 챙겨갔다. 그는 주머니 속의 작은 향수병을 만지작거리면서 그녀가 오길 기다렸다. 카페로 들어오는 그녀를 보는 순간, 윤복의 가슴이 쿵 하고 무너졌다. 윤복이 한번도 겪어보지 못한 생소한 감정이다.

윤복은 조용히 맞은편에 앉은 성주희를 찬찬히 뜯어보았다. 화려하지 않은 수수한 외모와 단정한 옷차림, 조용히 조곤조곤 말하는 말투, 뭔가 성숙함이 풍기는 향취 같은 것. 어쩌면 자신도 모르게 그녀를 좋아하고 있었나?

미니어처 향수병을 꺼냈다.

"이거 일부러 떨어뜨린 거죠? 나민서 씨 만나서 다 들었어요. 링크도 받았고."

주희는 슬쩍 수긍의 눈빛을 보냈다.

"나도 그 게시판 링크 받아서 읽었어요."

그녀의 표정에 아무런 미동도 없다. 그냥 받아들이는 얼굴. 아니, 윤복을 진심으로 안타깝게 여기는 느낌마저 들었다.

"사실이군요."

윤복은 하늘이 무너지는 절망을 느꼈다.

"저에게도 그 남자들처럼 관계를 맺고 버림받으면서 희열을 느끼려던 건가요? 어떻게 사람을 이용할 수 있죠? 그런 식으로…."

윤복은 단단히 마음먹고 여러 번 연습했던 질문을 던

졌다.

주희는 고개를 저었다.

"의도적으로 그러는 게 아니에요. 그냥 그렇게 되는 거예요."

윤복이 기어이 입을 열어 참았던 말을 꺼냈다.

"나, 난, 단 한 번도 여성과 성관계를 해본 적이 없어요."

윤복은 동정이라는 것을 고백하는 게 이렇게 힘들 줄 몰랐다.

그동안 수많은 여자들, 학교 동기나 직장에서 알게 된 거래처나 고객들로부터 대시를 받았지만 정작 성관계를 맺은 경우는 없었던 것이다. 나르시시즘에 빠져 자위를 할지언정, 성욕에 무너져 결혼 전에 자신의 값어치를 싸게 넘기고 싶지 않았고 그만큼 상대를 신중히 고르고 있었다.

주희는 작게 한숨을 쉬더니 얼굴로 내려온 머리카락을 귀 뒤로 넘기며 차분하게 말했다.

"잘 들어요, 윤복 씨. 저는 다른 사람과 좀 달라요. 걔가 보낸 글에서처럼 이상한 사람이에요. 어릴 적부터 그랬어요. 누구는 엄격한 부모 밑에서 의대에 가기 위해 공부만 하느라 병적으로 발전한 거라 진단을 내릴지 모르지만, 그렇지 않아요. 엄마 아빠가 엄격한 것도 맞고 공부도 미칠 지경으로 했지만, 이거는 달라요. 그냥 누가 내 물건을, 내 걸 가져가면 그게 그렇게 기분이 좋아요. 누가 나한테서 남자 친구를 빼앗아 가면 황홀감을 느껴요. 이유는 모르겠어요. 가학피학적 성 행동에 집착하는 것도 아닌데, 사귀던 남자가 나를 버리고 다른 여자와 결혼하면 꼭 가요. 희열감에 눈물이 나와요. 그렇게 할 때만 살아 있다는 진한 감정을 느껴요."

윤복은 이해할 수 없었다. 세상 사람들이 부러워하는 것을 다 가져서 그런 걸까.

"윤복 씨는 도저히 이해할 수 없겠죠? 이런 나를 온전히 받아들이는 건 불가능하겠죠? 그러니까 우리 헤어져요."

윤복은 고개를 저었다.

"해결책이 있을 거예요. 같이 의사를 찾아가 봐요."

"나도 의학책을 보고 공부도 많이 했는데, 그냥 그런 건 어쩔 수 없어요. 왜 꼭 한 가지 방법으로 사랑하고 행복감을 느껴야 하죠? 당사자가 아니면 이해할 수 없는 성향과 기질이 세상에는 수없이 많아요. 그중 한 명이라고 여겨줘요. 친구들이 날 혐오하고 욕하는 건 어쩔 수 없죠. 나는 그냥 감내할 뿐이에요. 나도 어쩔 수 없는 나 자신을."

"그렇지만 친구에게 상처를 주고 있잖아요?"

"그건 나도 미안하게 생각해요."

"어떻게 그렇게 간단히…."

윤복은 고개를 숙였고, 주희는 그런 윤복을 애처롭게 보다 자리에서 일어섰다. 그녀는 윤복을 두고 카페를 나가버렸다.

윤복은 그동안 사랑에 있어서 갑의 위치에 있었다. 하지만 지금은 을이었다. 사랑하다 실연을 당한다는 게 어떤 기분인지 난생처음 알 것 같았다. 이토록 씁쓸할 수 있다는 걸. 종잡을 수 없는 감정의 미로 속으로 들어선 기분이 들었다. 윤복은 휘청거리며 일어났다.

다음 날 주희가 이메일을 보내왔다.

제목: 윤복 씨, 많이 힘들죠?

ksyrbgjke1107@pappiporierwq.kr

2021. 7. 23. 오전 10시 39분

보낸 사람: 성주희

받는 사람: 심윤복

윤복 씨,

나는 윤복 씨를 진심으로 좋아해요. 절대 이용하려던 거 아니에요. 그리고 고백하자면 지금껏 만났던 남자들도 진심이었고요. 그들의 결혼식장에 가서 만족감을 느낀 것도 맞아요. 하지만 단연코 결과를 예측하고 나의 만족만을 위해 의도하고 접근하지 않았어요. 그냥 본능적으로 그런 과정이 있었을 뿐이에요.

나와 정상적인 관계는 어려울 거예요. 윤복 씨도 나를 좋아한다면 어려운 부탁을 해도 될까요?

만약 나와 결혼하게 되면 나를 냉랭하게 대해주고, 끝을 볼 것 같은 차가운 태도로 대해줄 수 있나요? 내가 윤복 씨를 괴롭히거나 못살게 굴어 헤어지자고 요구하면, 이런 나에게 맞는 방식으로 대해줄 수 있나요? 물론 쉽지 않다는 거 잘 알아요.

만약 이런 부분에 합의해줄 수 있다면 계약서를 쓰고 공증을 받아요. 결혼생활 1년마다 나의 연봉 반을 윤복 씨에게 증여하고 아파트도 절반의 지분을 드릴게요.

정말 미안해요. 다시 한번 말하지만 만약 나의 기이한 성향을 못 참겠다면 지금 떠나요.

나를 버려줘요. 제발.

윤복은 이메일을 여러 번 읽으면서 곱씹어 보았다.

손해사정사 공부를 할 때가 떠올랐다. 조사, 분석, 손해 범위 산정과 보상 범위 결정 그리고 보상금 청구액의 산정과 산출. 이런 일련의 과정을 연구하고 고객에게 제시해 절차를 밟는 직업이었다. 지금, 자신은 성주희와 사랑을 매개로 결혼을 해서 이런저런 절차를 고려해 가장 적합한 손해 보상 범위를 제시받은 셈인가.

윤복은 고민 중이었다. 하나를 얻으면 하나를 내주어야 한다. 만에 하나 성주희의 괴벽에 비위를 맞추다 도저히 못 참고 헤어지면, 자신은 나이 든 이혼남 딱지가 붙어 가치가 떨어질 것이다. 하지만 무엇보다 난생처음 겪는 이상한 감정에 그는 난감했다. 그에게는 고난이도 문제다.

윤복은 곰곰이 생각에 잠겼다.

그때… 머리에서 피 흘리며 쓰러져 있는 엄마에게 물었습니다.

엄마, 나 사랑해? 나는 엄마 사랑해.

튤립과 꽃삽, 접힌 우산

류성희

그래서 채송화를 제가 죽였냐고요? 제가 죽였을 수도 안 죽였을 수도 있습니다. 무슨 대답이 그러냐고요? 그러면 이렇게 말해볼게요. 죽이고 싶었습니다, 하지만 죽이지는 않았습니다.

제가 채송화를 처음 본 건 중학교 입학식 때였습니다. 사실 입학식이 있기 전부터 채송화 딸이 저희 학교 신입생으로 온다는 소문이 선생님들 사이에 퍼져 있었습니다. 형사님도 알고 계시죠? 아니 너무 오래전이라서 모르시려나? 한때 유명한 탤런트였던 채송화. 그 채송화가 갑자기 연예계에서 사라졌는데 알고 보니 재벌 아들의 딸을 낳았다더라, 그때부터 숨겨진 세컨드로 살고 있다더

라. 훗, 아 웃어서 죄송해요. 그때 세컨드라고 하던 영어 선생님 발음이 떠올라서 저도 모르게. 아주 비밀스럽고 은밀했거든요. 채송화가 딸의 입학식에 올까? 실물은 얼마나 예쁠까. 아이 아빠는 정말 그 재벌일까? 그 아이는 아빠를 닮았을까? 여배우 딸은 또 얼마나 예쁘게 생겼을까. 다들 궁금해했죠. 선생님들도 학생들만큼이나 입학식을 기다렸다고 해도 과언이 아니었죠. 물론 저도 그랬고요. 중학교란 곳은 매일 새로운 일이 일어나면서도 또 매일 지루한 곳이거든요.

그런데 입학식 날, 그 아이를 애써 찾을 필요가 없었습니다. 예뻤습니다. 창백하리만큼 새하얀 피부에 오뚝한 코, 깊은 눈망울, 어린아이인데도 어쩐지 범접할 수 없는 느낌까지. 미모의 탤런트 딸은 역시 다르다고 할 정도로요. 하지만 뭐랄까요. 표정이 없었습니다. 그 애도 알고 있었겠지요. 어릴 적부터 가는 곳마다 사람들이 자신을 보며 쑤군대는 것을요. 그런 시선에 지쳐 그렇게 무표정해져 버렸을까요. 선생님들은 어린것이 벌써부터 자기가 예쁘다는 걸 알고 잘난 척, 도도한 척한다고 했지만, 글쎄요. 제가 보기에는 조금 달랐습니다. 뭐랄까요, 무색무취. 무덤덤해 보였습니다. 마치 태어나서 지금까지 한번도 크게 웃어본 적도 없고, 큰 소리로 울어본 적도 없었던 것처럼요. 물론 그럴 리는 없었겠지만요. 어쨌든 무슨 일을 겪으면 저런 표정이 될까. 정신은 멀리 가 있고 텅 빈 허깨비가 서 있는 듯했어요. 색깔로 말하자면 징크화이트 같았습니다. 아, 제가 미술을 전공해서 어떤 사람의 첫 느낌을 색깔로 표현하는 버릇이 있어서요. 징크화이트는 가장 투명한 하얀색 물감입니다.

고작 중학교 1학년, 열세 살 소녀를 너무 과장한 것 아니냐고요? 그럴 수도 있겠지요. 하지만 참 묘하죠, 같은 병을 앓고 있는 사람은 서로를 금방 알아봅니다.

채송화는 딸보다 더 눈에 띄었습니다. 참으로 우아하고 고급스러웠습니다.

오랜만에 그녀를 모델로 그림 그리고 싶을 정도로요.

미술 교사가 된 이후 3년 동안 그림을 놓고 있었거든요.

그녀의 이미지는 카민, 자줏빛 도는 적색이었습니다. 지금은 합성염료로 그 색을 만들지만 원래는 암컷 연지벌레를 말린 다음 갈아서 색을 냈다고 하더군요.

그 아이가 재벌 아빠를 닮았냐고요? 글쎄요, 저는 잘 모르겠더라고요. 닮은 것도 같고 안 닮은 것도 같기도 하고. 그 재벌을 실제로 본 적이 없어서요.

홍수정. 그 애의 이름입니다. 엄마 아빠 성을 따르지 않았다고 했습니다.

제가 수정이를 특별히 눈여겨보기 시작한 건 그 아이의 배경 때문이 아니었습니다. 그 애가 그린 낙서 때문이었습니다.

저는 중학교 1학년 첫 미술 수업을 낙서로 시작합니다. 정확하게는 스퀴글이라고 하는데, 엉킨 실 뭉치 같은 낙서를 무작위로 그린 다음 거기서 보이는 이미지를 떠올려보는 거죠. 심리 검사의 일종인데 저는 아이들의 상상력을 이끌어내는 방법으로 이용합니다. 미술에서 상상력은 무엇보다 중요하니까요.

아이들에게 도화지 한 장씩 나눠주고 아무렇게나 곡선을 그리라고 합니다. 단, 처음부터 끝까지 손을 떼지 않고 그려야 한다는 점을 반드시 주지시키고요. 너무 헐렁하지도 빽빽하지도 않은 엉킨 실 뭉치를 그린다고 생각하면서요.

아이들은 처음에는 어리둥절하다가 이내 장난치듯 그립니다. 어느 정도 그리면 도화지를 짝과 바꾸게 해서 그

속에 숨어 있는 이미지를 찾아보라고 합니다. 자세히 바라보면 어떤 형상들이 보일 거라고 하면서요.

종이를 뒤집어도 보고 위로 올려보기도 하다가 아이들은 마침내 이미지들을 찾아내기 시작합니다. 아이들 대부분은 야구공이나 해, 꽃, 사과 같은 일상에서 친숙한 것을, 조금 더 상상력을 발휘한 아이들은 물고기나 나뭇잎 같은 것을 찾아내지요.

—여러분, 이렇게 그림을 그리는 건 특별한 것이 아니에요. 지금처럼 주위 사물들 속에서 자신만의 이미지를 상상해서 그리면 되는 거예요.

아이들은 무의미해 보였던 낙서에서 찾아낸 이미지들을 보면서 신기해하기도 하고 재미있어합니다.

그 낙서, 이제부턴 그림이라고 할게요. 그 그림도 그런 경로로 제 손에 들어왔습니다.

수업을 끝내고 걷어온 도화지들 속 그림 한 장.

엉킨 실 뭉치 같은 낙서에서 튤립, 꽃삽, 그리고 접힌 우산을 찾아낸 그림.

그것을 보자마자 저는 뒤통수를 한 대 맞은 듯 멍해졌습니다. 숨이 막혔습니다. 튤립이나 꽃삽은 가끔 나오긴 했지만 접힌 우산을 상상해내다니요. 저는 오래전에 이것과 똑같은 그림을 본 적이 있습니다.

도화지 뒤편의 이름을 보았습니다.

홍수정. 그 애였습니다.

어디서 똑같은 그림을 보았냐고요? 일곱 살 아이가 그린 그림에서요.

그 아이는 소아정신과에서 치료를 받고 있었습니다. 스퀴글을 알게 된 것도 그때였죠. 미술 치료를 받으면서요. 튤립, 꽃삽, 접힌 우산까지. 그때 그 아이가 낙서에서 찾아낸 것들과 똑같았습니다. 그 아이는… 네, 어린 시절의 접니다.

이런 것이 다 채송화의 죽음과 무슨 상관이 있냐고요?

이제 제 이야기를 들려드리겠습니다. 형사님들도 '그것' 때문에 지금 저를 채송화 살해 용의자로 심문하고 있는 거잖아요. 참고인 조사일 뿐이라고요? 뭐, 상관없습니다. 말씀드렸듯이 전 죽이지 않았으니까요. 제 이야기를 듣고 나면 형사님들께서는 채송화를 죽인 범인은 찾아내지 못하더라도 어쩌면 살해된 이유는 알 수 있을지 모르겠습니다. 그런데 튤립이니 꽃삽이니 해바라기니 이런

게 다 뭐냐고요? 접힌 우산은 또 무슨 의미냐고요? 이야기를 모두 마친 다음에 말씀드릴게요. 다른 이유는 없습니다. 그게 이해하기 쉬울 것 같아서요.

그런데 물 한 잔 부탁해도 될까요? 목이 마르네요.

…감사합니다. 그럼 이야기를 시작하겠습니다. 조금 긴 이야기가 될지도 모르겠습니다.

저의 의학적 고행은 소아정신과에서 치료를 받기 훨씬 전, 동화로부터 시작됐습니다.

물론 그때는 고행이라는 단어를 몰랐습니다. 고작해야 일곱 살 어린 계집아이였으니까요.

엄마는 내가 잠들기 전에 밤마다 동화책을 읽어주었습니다.

—우리 애기, 오늘은 무슨 동화를 읽어줄까?

손가락으로 벽면 가득 꽂혀 있는 동화책을 훑어 내려가며 엄마가 그 말을 할 때면 어린 나는 두 손을 꼭 쥐었습니다. 떨리는 손을 엄마에게 들키지 않기 위해서요.

—백설공주? 그래, 이게 좋겠다, 우리 애기도 좋지?

마치 재밌는 동화를 찾았다는 듯 엄마는 눈빛을 반짝

이며 물었습니다. 전 백설공주 이야기가 싫었지만 그냥 고개를 끄덕였습니다. 엄마가 지금 내 의사를 물어보는 게 아니란 것을 경험으로 알고 있었으니까요. 목소리는 물론 표정까지 지어가며 실감나게 읽어주던 엄마가 왕비처럼 물었습니다.

—'거울아 거울아, 이 세상에서 누가 가장 아름답니?'

나는 신하처럼 대답합니다.

—'왕비님이 이 세상에서 가장 아름다워요.'

호호호. 엄마가 왕비처럼 웃었습니다. 아주 만족스럽다는 듯이 우아하게요.

엄마는 같은 질문을 또 합니다.

—'거울아 거울아, 이 세상에서 누가 가장 아름답니?'

이번에는 다른 대답을 해야 합니다. 그러기로 약속했으니까요. 나는 숨을 한 번 깊이 들이쉰 후에 말합니다.

—'왕비님도 아름답지만, 백설공주가 훨씬 아름다워요.'

갑자기 엄마 표정이 표독스러워지며 목소리도 날카로워집니다.

—'이봐라! 백설공주를 당장 숲 속으로 데려가 죽여라! 그리고 그 장기를 가져오거라!'

장기? 처음 들었을 때는 무슨 뜻인지 몰라 엄마에게 물었습니다.

—엄마, 근데 장기가 뭐야?

엄마가 내 몸을 만지며 말했습니다.

—여기에 있는 심장…, 여기에 있는 간…, 여기에 있는 창자… 여기에 있는…

지금도 내 몸 여기저기를 만지던 엄마의 얼음처럼 차가운 손끝이 느껴지네요.

—'왕비의 명령을 들은 사냥꾼들이 백설공주를 죽이고 그 장기를 왕비에게 가져다주었습니다.'

나는 이제 눈을 감아버립니다.

다음에는 왕비가 공주의 장기를 먹는 장면이 나오니까요.

훗날 그 동화에는 왕비가 공주의 장기를 가져오라는 명령도, 먹어버리는 내용도 없다는 것을 알았습니다. 엄마는 왜 일곱 살밖에 안 된 어린 딸에게 동화책에도 없는 끔찍한 이야기를 해주었을까요?

'그것'을 놓으면서 거울에게 물었습니다.

—거울아 거울아, 이 세상에서 누가 가장 아름답니?

거울이 대답했습니다.

—엄마.

거울은 거짓말을 하지 않았습니다.

—자아, 오늘은 엄마가 우리 애기를 위해 사온 새 동화책을 읽어줄게.

동화책 표지에는 손을 맞잡은 두 아이가 과자로 만든 집을 보고 있었습니다. 아직 글을 읽지 못해 제목은 알 수 없었지만 무섭지 않을 것 같아 좋았습니다.

—'헨젤과 그레텔은 두 살 터울의 남매였습니다. 그들은 어린 시절부터 사이가 좋아 들에서 양을 돌볼 때도 항상… 그레텔이 엄마에게 맞아서 눈물을 흘리면 헨젤이 달려들어 말렸습니다. 엄마는 신경질적으로 헨젤을 두들겨 팼지만….'

왜 세상의 동화들은 모두 무서운 걸까요? 왜 동화 속에선 항상 아빠보다 엄마가 더 못됐을까요?

—'집에는 더 이상 먹을 것이 없어요. 아이들을 숲 속에 버리고 오자고요!' '말도 안 돼. 아이들을 숲에다 버리다니. 금방 무서운 무시무시한 짐승들이 달려들어 잡아먹을 것이 빤한데 어떻게 그런 짓을.' '하지만 우리 부부

라도 살아남으려면 아이들을 희생시킬 수밖에 없잖아요. 당신은 모른 척하기만 하면 돼요. 내가 다 할게요.' '다음 날 아침, 아직 해가 뜨기도 전에 계모는 아이들을 깨웠습니다. 그리고 숲으로 데리고 가 아이들을 숲 속에 버리고 몰래몰래 집으로 가버렸답니다.'

책을 덮은 후 크게 한숨을 쉬고 난 엄마가 날 바라보며 물었습니다.

—엄마는 왜 숲속에 헨젤과 그레텔을 버렸을까?

—…먹을 것이 없어서….

—진짜 이유는 그게 아니라니까!

동화는 너무 어렵습니다. 항상 '진짜 이유'라는 것이 있었습니다.

—엄마 말을 듣지 않아서 버린 거야. 우리 애기는 말 잘 들을 거지?

—…응.

—약속할 수 있어?

구슬처럼 투명한 눈으로 날 쳐다보는 엄마…. 나는 고개를 끄덕였습니다.

—진짜?

—응.

—그래, 착하다. 자 그럼 지금은 어디가 아플까?

나는 잠시 생각합니다.

지금 어디가 아프지? 아니 어디가 아프다고 해야 하지?

—머리?

머리가 아픈가? 아닌 것 같았습니다. 고개를 흔들었습니다.

—목?

어제는 목이 아팠기 때문에 오늘은 아니어야 했습니다.

—그럼 어디?

엄마의 표정이 날카로워집니다.

—맞다, 가슴! 가슴이 두근거리는구나! 그렇지? 가슴이지?

얼른 가슴에 손을 얹어봤습니다. 그런 것 같기도 했습니다.

—저런, 왜 이제야 말하니? 언제부터 그랬니? 그래서 하루 종일 밥을 그렇게 조금밖에 안 먹었구나?

아니요, 엄마가 밥을 조금밖에 주지 않아서잖아요. 배고파요, 엄마.

―가엾게도. 내일 당장 병원에 가야겠다. 걱정하지 마. 엄마는 그레텔 엄마처럼 널 버리지 않을 거야. 우선 약부터 먹자. 심장이 두근거릴 때는 무엇을 먹어야 할까, 어디 보자.

엄마가 침대 옆 탁자 위에 놓여 있는 구급상자를 엽니다. 그 안에는 M&M 초콜릿처럼 작고 앙증맞은 빨갛고 노랗고 파란, 색색의 약들이 잔뜩 들어 있습니다. 그중에서 엄마는 노란색과 하얀색, 파란색 알약을 집어 들었습니다.

―자 먹자, 아.

할 수 있는 한 가장 크게 입을 벌렸습니다.

―착하지, 약도 잘 먹네.

물을 한껏 머금었습니다. 그래야 삼킨 다음에 목에서 약 냄새가 안 나니까요. 초콜릿이 아니니까요.

―이제 조금만 있으면 두근거리는 심장은 조용해지고, 아프던 머리도 안 아프고, 목도 더 이상 따끔거리지 않을 거야.

세상에. 엄마는 나에게 두통약과 편도선 약과 심장 완화제를 동시에 먹인 겁니다. 딱 절반씩. 부작용을 일으키지 않을 만큼만.

—아프지 마. 우리 애기 엄마 사랑하지?

나는 고개를 끄덕했습니다.

—이제 잘까? 엄마가 자장가 불러줄게.

제발 그것만은 싫어요. 하지만 이번에도 그 말을 삼켜 버렸습니다. 단지 무서운 꿈을 꾸지 않기만을 바라며 눈을 감았습니다.

어린 송아지가 부뚜막에 앉아 울고 있어요.
엄마아, 엄마아, 엉덩이가 뜨거워.

엄마가 나의 가슴을 토닥이며 노래를 불렀습니다. 방금 전에 약을 한 움큼 먹은 가슴인데 엄마는 그걸 깜빡 잊었나 봅니다.

그런데 어린 송아지는 왜 부뚜막에 앉아 울고 있을까요? 부뚜막은 어디일까요? 엄마소는 어린 송아지가 엉덩이가 뜨겁다고 울고 있는데 왜 구해주지 않을까요?

그런 날 밤에는 어김없이 또 악몽을 꿉니다.

이번에도 동화는 다른 의미로 거기가 끝이 아니란 걸 나중에 알았습니다.

무시무시한 숲 속에 버려진 헨젤과 그레텔은 과자로

만든 집 마녀에게 붙잡혀 갔지만 마녀를 죽이고 집으로 돌아옵니다. 그리고 자신들을 버린 '엄마를 마녀에게 잡혀가 죽게' 한 후에 아빠와 셋이서 행복하게 살았습니다, 가 끝이었습니다.

엄마는 왜 이번에도 끝까지 읽어주지 않았을까요? 궁금했지만 묻지는 않았습니다. 엄마는 뭔가 묻는 것을 끔찍이 싫어했으니까요. 예를 들면, 아빠는 집에 언제 와? 같은 것을요.

엄마가 나에게 무관심한 날이 있습니다. 아빠가 집에 오는 날이었습니다. 그래서 나는 아빠가 집에 오면 좋았습니다.

아빠는 집에 오면 어린 딸 이마에 손을 얹고 걱정스러운 눈빛으로 바라보았습니다. 태어나면서부터 항상 어딘가 아픈 허약한 딸이 걱정돼서 그랬겠지요. 저는 아빠의 다정한 눈빛을 바라보는 것이 참 좋았습니다. 그러나 다음 날이면 아빠는 어김없이 가고 없었습니다.

아빠가 가고 나면 엄마는 또 자장가를 불러주었습니다.

귀여운 꼬마가 닭장에 가서 암탉을 잡으려다 놓쳤다네.

닭장 밖에 있던 배고픈 여우 옳거니 하면서 물고 갔다네.

꼬꼬댁 암탉 소리를 쳤네 꼬꼬댁 암탉 소리를 쳤네.

귀여운 꼬마가 그 꼴을 보고 웃을까 울을까 망설였다네.

엄마, 그만, 제발 그런 자장가는 싫어요. 엄마는 알고 있죠? 여우에게 물려가며 꼬꼬댁거리며 살려달라는 암탉을 보고 웃을까 울까 망설이고 있는 꼬마가 나라는 걸요. 밤새 무서운 꿈에 시달리다가 끝내는 이불에 오줌을 싸는 걸요. 그러면 엄마는 또 날 병원에 데리고 갈 거잖아요.

의사 선생님, 우리 애기 방광 검사 좀 해주세요. 이 아이가 어젯밤에 이불에 오줌을 쌌어요. 믿어지세요? 이 아인 일곱 살이란 말예요. 일곱 살짜리가 이불에 오줌을 싼다는 건 방광에 이상이 있지 않고서는 불가능하잖아요.

눈물까지 글썽이며 엄마는 이렇게 말할 거잖아요. 그러면 피 검사부터 시작해서 온갖 검사를 받아야 하잖아요. 방광에 이상이 없다는 것을 알아낼 때까지요. 그렇죠, 엄마?

—우리 애기, 화장실에 자주 가고 싶지? 그렇지?

—…아까 엄마가 주스 마시라고 줬잖아.

—아니, 아니, 그래서가 아니라니까! 엄마가 몇 번이나 말했어? 그러니까 의사 선생님한테는 주스 마셨다는 말 같은 건 할 필요 없어! 알아들었니?

엄마가 가정의학 백과사전을 또 봅니다. 엄마는 그 책에서 읽은 방광염 증상을 의사에게 그대로 말할 것입니다.

이불에 오줌을 싼 나는 양다리를 크게 벌리고 진찰실에 누워 있습니다.

—아프지 않을 거야. 기분이 조금, 뭐랄까 조금 이상할 거야.

그때는 그 남자 의사가 참 바보스럽게 보였는데 지금 생각하면 이해가 됩니다. 대체 어느 의사가 일곱 살짜리 여자아이 요도에 관이 삽입되는 느낌을 제대로 설명해줄 수 있을까요. 그들은 일곱 살짜리는 아무것도 모르는 어린아이라고 생각하지만, 일곱 살도 수치심을 압니다. 발

가벗은 채 성기를 드러내놓고 남자 의사 앞에 누워 있으면 얼마나 부끄러운지요. 요도에 관이 쑥쑥 들어올 때의 그 느낌은 또…. 나는 엉엉 소리 내어 큰 소리로 울었습니다. 기다렸다는 듯이 엄마가 아빠에게 전화하는 소리가 들렸습니다.

—무서워요, 빨리, 빨리 와요. 저러다 우리 애기 죽으면 어떻게 해요.

허겁지겁 뛰어오는 아빠에게 엄마는 울면서 뛰어가 안기는 모습을 이제 곧 보게 되겠지요.

이런저런 검사를 다 해도 방광염이 진단되지 않으면 마지막으로 엑스레이를 찍습니다. 그때부터 나는 하얗게 질려 벌벌 떨기 시작합니다. 너무나 무섭고 두려워서 정말로 오줌을 지릴 때도 있었습니다. 왜 그렇게 엑스레이를 찍는 것을 무서워했냐고요? 뱃속에 쥐가 있을까 봐서요. 잡아먹은 쥐가 뱃속에 그대로 있는 뱀 그림을 엄마가 보여준 적이 있었거든요. 그다음부터는 배가 아프면 쥐가 장기를 갉아먹는 것 같았습니다. 심장이나 간, 창자 같은 것을요. 그때 저는 일곱 살, 무엇을 상상해도 조금도 이상하지 않을 나이였으니까요. 손끝 하나 까닥할 수 없을 정도로 기진맥진해지면 날 정성껏 돌보는 척하던 엄마는 의사에게 말했습니다.

—이 아이는 아무리 병을 고쳐도 또 아픈 곳이 생겨나는 가엾은 아이예요. 마치 손톱처럼요. 손톱은 잘라내도 다시 자라잖아요.

병을 손톱에 비유하다니요. 엄마도 상상력이 뛰어났나 봅니다.

병을 찾기 위해서가 아니라, 병에 걸리지 않았다는 것을 확인하기 위한 검사. 그게 그거 아니냐고요? 아뇨, 확실하게 차이가 있습니다. 적어도 엄마에게는요.

잘 걷지도 못하는 나를 병실로 데리고 가며 엄마가 내 귀에 속삭였습니다.

—뱃속에 있는 쥐들이 엑스레이를 피해 다 숨었나 봐.

나는 기절하고 말았습니다.

'그것'을 놓아두면서 상상해보았습니다.

엄마 배에는 무엇이 들어 있을까?

그때는 떠오르는 것이 있었지만… 지금은 차마 말할 수가 없네요.

네, 엄마가 죽었습니다. 2층 난간에서 떨어져서요. 사고사라고 했습니다. 와인에 만취해 미끄러지면서 균형을 잃고 떨어졌을 거라고 했습니다. 어떤 형사는 정황상 사고사가 아닐 수도 있다고 했습니다. 누군가 고의로 '죽게 만들었을 수도 있다'고 하면서요. 하지만 거기까지였습니다. 그날 밤 집에는 엄마와 저, 둘밖에 없었으니까요. 일곱 살 어린 계집아이가 엄마를 죽게 했다고 어른들이 감히 상상이나 할 수 있었겠어요?

채송화도 그렇게 죽게 했느냐고요? 지금 채송화와 엄마의 사망 당시 정황이 똑같아서 저를 심문하고 계시는 거잖아요.

이렇게 대답해볼게요. 그때 제가 엄마를 죽였을까요?

아뇨, 당연히 그러지 않았습니다. 하지만 '그것'을 하면서 상상은 했습니다. 말씀드렸듯이 아이의 상상력은 끝이 없으니까요. 단지 상상했던 일이 실제로도 일어날 수 있다는 것을 몰랐을 뿐입니다.

그날 신고를 받고 집에 온 경찰은 깜짝 놀랐다고 했습니다.

죽어 있는 엄마를 보고 있는 아이의 표정이 너무 이상해서요. 그냥 말갛게 엄마를 보고 있었답니다. 그때부터 소아정신과 치료를 받았습니다. 담당 의사는 엄마가 죽은 모습을 보고 충격을 받아 그랬을 거라고 했답니다. 의사의 말은 반은 맞고 반은 틀렸습니다. 충격을 받은 건 맞지만 이유는 뱃속에 쥐가 사라져버린 느낌 때문이었습니다.

이제 수정이와 제 그림 속에 있던 튤립과 꽃삽, 접힌 우산에 대해 말해도 되겠군요.

먼저 튤립부터 말해볼게요.

튤립은 그림으로 나타내는 마음으로 본다면 엄마를 상징합니다. 왜냐고 물으시면 저도 모릅니다. 통계가 그렇다고 하더군요. 많은 아이들 혹은 어른들의 마음속에 해바라기가 아빠를 상징한다면 튤립은 엄마라고 했습니다. 왜 하고많은 꽃 중에 튤립일까. 알뿌리라는 것과 관계있지 않을까 생각은 해보았습니다. 엄마란 존재는 자식을 잉태하고 자식이 잉태되는 곳은 자궁이니까 무의식중에 자궁이 알뿌리로 연결된 것은 아닐까 하고요. 아빠가 가장 큰 꽃인 해바라기로 상징되는 것처럼요.

그림 속에서 튤립을 보았을 때 수정이와 엄마 채송화는 강하게 연결돼 있다고 읽혔습니다. 스퀴글인지 뭔지 아니어도 누가 봐도 그렇게 생각할 거라고요? 네, 수정이가 엄마와 단 둘이 살고 있고 또 사생아라는 편견이 약간 있었다는 건 인정하겠습니다. 문제는 수정의 마음속 엄마가 부정적이라는 겁니다.

우산과 꽃삽 때문입니다.

활짝 펴진 우산은 비를 가려주는 고마운 존재지만, 접힌 우산은 비를 막아줄 수 없는 불안한 존재의 상징이라고 합니다. 꽃삽은 더러운 것을 파묻는 것을 의미하고요. 꿈보다 해몽이라고요? 사실 저도 처음에는 그렇게 생각했습니다.

한번은 학생들에게 처음부터 똑같은 곡선이 그려진 종이를 주고 자유롭게 이미지를 떠올려보라고 한 적이 있었습니다. 결과는 흥미롭게도 세 개 이상 똑같은 이미지를 떠올린 아이들이 없었습니다. 지금 무엇을 보느냐가 아니라, 무엇에 관심 있느냐가 투사됐기 때문이라고 하더군요. 있는 것을 보는 게 아니라 보고 싶은 것을 본다면서요. 인간은 어떤 식으로든 내재된 무의식을 드러낸다면서요.

수정이는 엄마 채송화와 뭔가 있었습니다. 제 경험으로 미루어 보아 그것은 아주, 많이, 위태로웠습니다. 무슨 일인가 벌어지기 전의 전조처럼요. 저에게는 그렇게 느껴졌습니다.

그때부터였습니다. 수정이를 특별히 눈여겨보기 시작한 것은.

중학교 1학년 신입생들은 여러 면에서 경계에 있습니다. 경계에 있다는 것은 어디에도 속하지 않지만 어디에도 속할 수 있다는 말도 되겠지요. 아이들은 반을 배정받으면 끼리끼리 집단을 이룹니다. 동물 같은 감각으로 자신과 친할 수 있는 친구들을 알아보면서요. 그리고 먼저 집단을 형성한 아이들끼리 나머지 아이들을 심사합니다. 네, 심사요. 어떤 아이가 자신들과 잘 맞을지 안 맞을지, 자신들 집단에 필요한 아이인지 아닌지를요. 이때 어디에도 들어가지 못하면 3년 내내 왕따가 될 확률이 높습니다.

수정이는 어느 집단에도 들어가지 못했습니다. 심사에서 탈락한 거죠. 왕따가 되지 않기 위해 재빨리 다른 희생양을 찾는 아이들에게 수정이만큼 완벽한 조건을 갖춘 애도 없었을 겁니다. 아이들은 근거 없는 소문까지 만들었습니다. 재벌 딸도 아니라더라, 사실은 아빠가 누군지도 모른다더라, 그런 거짓 소문을 낸 사람은 엄마인 채송화라더라. 경계선에 있는 아이들은 영악하고 잔인하니까요.

수정이는 어떤 모둠 활동에도 들어가지 않았고 점심도 혼자 먹었습니다. 아이들의 괴롭힘에도 별 반응을 보이지 않은 것 같았습니다. 그러자 아이들도 점점 수정이에 대한 관심을 줄이기 시작했습니다. 수정이는 그저 조용히, 그림자처럼 자신이 원하던 대로 점점 투명 인간이 되어갔습니다. 교사로서 왜 보고만 있었냐고요? 수정이 마음을 알 것 같아서죠. 제가 그랬으니까요.

첫 시험 성적이 나온 날이 생각나는군요. 1학년은 공식 시험이 없기 때문에 주요 과목만 간단히 테스트를 합니다. 하지만 비공식적으로 나오는 순위는 아이들만큼이나 교사들도 궁금해합니다. 학교니까요. 저는 수정이 등수부터 확인해보았습니다. 정확히 1학년 절반에 해당하는 순위였습니다. 그런데 수학 선생님이 좀 이상하다고 했습니다. 어려운 문제는 맞히고 쉬운 문제는 틀렸다면서요. 영어 선생님도 같은 말을 했습니다. 이렇게 어려운 문제를 푸는 애가 기초나 다름없는 쉬운 문제를 틀렸다면서요.

저는 알 것 같았습니다. 일부러 그랬을 겁니다. 눈에 띄고 싶지 않았을 테니까요. 하루라도 빨리 선생님도 아이들도 자신의 존재를 잊어주기를, 투명 인간처럼 대해주기를 바랐을 테니까요. 그러나 자신만의 비밀은 가졌을 겁니다. 쉬운 문제는 틀리고 어려운 문제는 맞히는 것으로요. 존재감이 높은 아이니까요.

수정이를 미술실로 부르고 싶은 마음을 꾹 눌렀습니다. 혼자만의 비밀을 누군가에게 들킨 것을 알면 더 꼭꼭 숨어버릴지도 모르니까요. 아직은 조금만 더 지켜보기로 했습니다.

그런데 체육대회가 끝난 다음 날부터 수정이가 학교에 나오지 않았습니다. 갑자기 몸이 아파서 회복될 때까지 결석한다는 연락이 왔다면서요. 혹시 무슨 일이 생긴 건 아닐까 초조해하다가 더는 참지 못하고 나흘째 되던 날, 집으로 찾아갔습니다. 맞아요, 형사님들도 보셔서 아시겠지만 아름다운 2층 전원주택이었습니다. 집 앞에 차를 대놓고 앉아서 집 안에서 무슨 일이 벌어지고 있을지 상상해보았습니다. 제발 지금 머릿속에 떠오르는 일들이 벌어지고 있지 않기만을 바라면서요. 아직 확인할 게 있으니까요.

그때 들어갔더라면 채송화가 죽지 않았을지도 모른다고요? 아뇨, 일어날 일은 일어나야 합니다. 그 일이 아무리 끔찍하더라도요. 그래야 끝이 납니다. 뱃속에 쥐가 있어보지 않은 사람은 절대로 모릅니다.

차 안에 앉아 채송화를 검색해보았습니다. 한때 유명한 배우였고 재벌과의 불륜으로 아이까지 낳았다는 스캔들 때문인지 연예계를 떠난 지 꽤 오래됐는데도 기사가 간간이 올라와 있었습니다. 주로 복귀에 관한 기사였는데 정작 복귀했다는 기사는 없었습니다. 여전히 우아하고 아름답지만 미혼모에 불륜으로 사생아까지 낳은 전력으로는 활동이 어려울 수 있겠다고 짐작했습니다.

수정이가 다시 학교에 온 건 열흘 후였습니다. 지금까지와는 달리 눈빛이 또렷했습니다. 마치 오랫동안 상상만 하던 뭔가를 결심하면 눈빛이 달라지는 것처럼요.

다음 미술 시간에 저는 수정이가 무엇을 상상하고 있는지 알 것 같았습니다.

그날 수업은 역동적인 인체 모형 만들기였는데 요즘 아이들은 그리는 것을 지루해하고 만드는 것을 좋아하기 때문에 참여도가 높은 수업이었습니다. 철사로 인체 뼈

대를 만들고 그 위에 클레이로 살을 붙인 다음 색을 칠하면 완성되는 간단한 만들기였죠. 대부분의 아이들은 달리기나 발레 포즈, 스케이트 타는 동작을 만들었습니다. 그런데 수정이는 놀랍게도 난간에 매달린 형상을 만들었습니다. 떨어지기 직전 매달려 있는 것 같기도 하고 올라가기 위해 버둥거리는 것 같기도 한 위태로운 모습을요. 더 두고 볼 수 없다는 생각이 들었습니다. 이제는 정말 실행해야 했습니다. 그 아이가 '그 일'을 해버리기 전에요. 모름지기 교사라면 학생을 지켜야 하니까요.

그날 저는 악몽을 꾸었습니다.

꿈속에서 오랜만에 엄마의 자장가 소리를 들었습니다.

채송화에게 어떻게 접근했냐고요?

학부모 면담을 위해 그녀가 학교에 왔을 때였습니다. 당신을 그려보고 싶은데 모델이 돼줄 수 있겠냐고 했더니 마지못한 듯 좋다고 하더군요. 수정이 학교 선생님이라서 거절할 수 없다면서요. 지금까지 자신을 그리고 싶어 했던 화가들이 여럿 있었지만 한 번도 허락하지 않았다는 말도 덧붙였습니다. 거짓말이라는 것을 알았지만 적당히 호응해주었습니다. 거절 못할 줄 알았습니다. 세상에서 거부당한 자신의 미모를 알아준 것이니까요. 아, 그리고 교사가 되기 전 미술 대전에 여러 번 입상했던 저의 경력도 한몫했을 겁니다. 그녀의 허영심을 채워준 거죠.

제가 그리는 자신의 모습을 무척 좋아하더군요. 그렇게 어느 정도 시간이 지나면서 서로에게 익숙해지자 자신에 대해 말하기 시작했습니다. 그녀는 엄마에게 지독히 미움을 받았다고 했습니다. 세 자매 중에서 아빠를 유독 많이 닮았다는 이유로요. 마침내 배우가 됐을 때 가장 기뻤던 것은 텔레비전에 나오는 자신의 모습을 보며 배아파하는 엄마를 상상하는 것이었다고 했습니다. 생각만 해도 힘이 솟아났다면서요. 그런데 상상해본 적도 없는 임신! 맨 처음 떠오른 것은 고소해하는 엄마였다고 했습니다. 아이를 지우기 위해 간 병원에서 자궁 외 임신이라 잘못하면 산모마저 목숨을 잃을 수 있다는 말을 들었을 때는 뱃속에 있는 아이가 괴물처럼 느껴졌다고 했습니다. 아이를 낳고도 딸인지 아들인지 물어보지도 않았다고 했습니다. 산후조리원으로 찾아온 엄마가 했던 말을 생각나면 지금도 분하다고 했습니다.

–난 처음부터 너가 이렇게 될 줄 알았어. 넌 그 인간을

닮았으니까.

제 작업실이 편하고 좋다며 그녀는 종종 술을 마셨습니다. 그런 날에는 제발 지금이라도 그 아이가 자기 인생에서 사라져버렸으면 좋겠다고 했습니다. 어떻게 된 게 몸까지 약해서 솔직히 착한 엄마 노릇을 하느라 지긋지긋하다면서요. 그래도 그 아이가 아플 때만은 아이 아빠인 그 사람과 통화라도 할 수 있어 좋았다면서요. 이제는 그 약발도 안 먹힌다며…. 그 아이 때문에 모든 것이 꼬여버렸다, 고소해하는 엄마 얼굴이 떠오르면 너무 화가 나 미쳐버릴 것 같다고 술에 취해 중얼거렸습니다.

지겹도록 많이 듣던 말이었습니다.

그런 말을 들을 때마다 어린 저는 쥐 때문에 배가 아팠습니다.

그리고 그녀는 수정이를 끝까지 '그 아이'라고 불렀습니다.

엄마가 저를 항상 '우리 애기'라고 했던 것처럼요.

네, 사건이 나던 날 처음으로 채송화 집을 방문했습니다. 일부러 1학년이 1박 2일 현장 체험 학습을 떠나던 날로 약속을 잡았습니다. 그날 밤 수정이가 집에 있으면 안 되니까요. 마침내 완성한 그녀의 초상화를 가지고 갔습니다.

그다음부터는 형사님들이 알고 있는 그대로입니다. 그녀는 제가 선물로 가지고 간 와인을 마셨고, 취해 몸도 가누지 못하는 그녀를 두고 나왔고, 나오기 전에 준비해 간 '그것'을 놓아두었습니다. 제가 둔 것 맞습니다. 수정이가 아니고요.

어떻게 그렇게 할 생각을 했느냐고요?

일곱 살 아이잖아요. 아이가 상상하면 뭘 얼마나 상상하겠어요.

여기 2층 계단에 구슬이 가득 들어 있는 이 통을 놓아두면 어떻게 될까? 술에 취한 엄마가 방에서 나오다가 찰까? 엄마는 밤마다 술을 마시니까 그럴지도 몰라. 발로 차면 구슬이 사방으로 흩어질까? 술에 취한 엄마가 비틀거리다가 흩어진 구슬을 밟고 쭉 미끄러져 저 아래로 떨어질지도 몰라. 그때 나도 그랬잖아. 엄마가 놔둔 구슬에 미끄러져 다리가 부러졌잖아.

이제 아시겠지요. 제가 왜 그녀를 죽였을 수도 안 죽였을 수도 있다고 했는지. 죽이고 싶다고 했던 의미도요. 그녀가 죽은 이유도요.

죽어 있는 그녀를 최초로 발견한 사람이 현장 체험 학습을 다녀온 수정이라고요?

혹시 그때 수정이 표정이 어땠는지 보셨나요?

그렇군요, 못 보셨군요.

그때… 머리에서 피 흘리며 쓰러져 있는 엄마에게 물었습니다.

엄마, 나 사랑해?

나는 엄마 사랑해.

수정이도 엄마에게 묻고 싶었을까요?

나중에 수정이를 만나면, 아, 못 만날 수도 있다고요? 그러고 보니 지금까지 수정이하고 한 번도 대화해본 적이 없네요.

"…정 원한다면 네가 잠깐 만날 순 있을지도 몰라.
근데… 오래가긴 힘들어.
그동안 덤벼들었던 남자들 대부분이 감당 못했어."

능소화가 피는 집

홍선주

1

아내가 바람을 피우고 있다. 이번엔 진짜다.

그 생각이 온통 영오의 머릿속을 잠식해버렸다. 그의 두 눈은 대문 앞의 남녀에게 꽂혀 있었다. 기분이 상해서 위가 꼬인 듯 통증이 일었다. 영오는 왼손으로 자신의 배 한가운데를 꾹 눌렀다. 고통으로 얼굴이 일그러지면서도 그들에게서 눈을 뗄 수가 없었다.

아내 주연은 남자에게 손을 흔들고 미소까지 보낸 후 대문으로 몸을 틀었다. 남자도 미소로 답한 후 차에 올랐다. 대학 동아리 후배. 남자에 대한 주연의 설명은 그랬지만 영오는 아무래도 믿을 수 없었다. 눈을 가늘게 뜨고 남자의 얼굴에 좀 더 초점을 맞춰서 확인했다. 저번 주에 왔던 그놈이 맞았다. 기생오라비 같은 새끼. 영오는 입으로 소리 내어 남자를 칭했다.

고급 주택가의 중심에 자리 잡은 그 집은 영오가 아버지로부터 물려받은 것이었다. 비싼 마감재를 한눈에 알아볼 수 있는 마당이 꽤 넓은 저택이었다. 낮은 담은 건물을 더 웅장하고 커 보이게 했다. 현관은 마당에서 계단을 조금 올라야 닿을 수 있는 높이였는데, 그 덕에 1층 거실에서도 대문 너머를 볼 수 있었다. 늦봄 햇살을 한껏 받아 싱그러운 초록의 마당 가장자리에서 뻗어 나간 능소화 줄기가 대문 옆벽을 타고 넘어 만발할 채비를 하고 있었다. 주연이 결혼 직후에 직접 심은 꽃이었다.

그녀는 자신을 뚫어져라 보고 있는 남편은 생각지도 못한 듯 태연하게 대문 안으로 들어섰다. 그대로 계단을 향하다 잠시 걸음을 멈췄지만 그건 자신이 아끼는 능소화 넝쿨의 위치를 잡아주기 위해서였다. 마당을 채운 초록의 생명들보다 더 싱그러운 기운을 내뿜는 주연이 다시 현관을 향해 우아한 걸음을 내딛었다. 영오는 그 모습이 가증스러워 배를 누르고 있던 손을 움켜쥐어 주먹으로 만들었다.

오십 다 된 여편네가 도대체 뭐 하며 나다니는 거야!

주연이 집에 들어서면 그가 가장 외치고 싶은 말이었다. 하지만 할 수 없었다. 주연은 그 나이로 보이지가 않았다. 많이 봐야 40대 초반. 그녀에 비해 영오는 오십에 막 다다랐지만 자기 나이보다 강산이 바뀌는 걸 한 번쯤 더 본 사람 같았다. 게다가 이번에는 제대로 증거를 확보한 후 다그쳐야 했다. 지난번처럼 했다간 주연이 또 이혼을 들먹일 테니까. 이 모든 감정은 주연을 갖기 위한 것인데 이혼은 그녀를 잃는 것이었다.

현관에 들어선 주연이 슬리퍼로 갈아 신는 걸 보면서 영오는 애써 아무렇지 않은 말투로 물었다. 지난주 처음 남자를 봤을 때 과하게 반응했다가 난리를 한번 치러서였다.

"…김 여사는 잘 지낸다고?"

"어. 미술관에서도 어찌나 자식 자랑을 하던지, 피곤하네…. 나 바로 씻을게."

방금, 그것도 집 앞에서 다른 남자의 차에서 내리는 걸 봤는데, 주연은 아무렇지 않게 거짓말을 하고 있었다. 영오는 자신의 앞을 스쳐가는 주연의 뒤로 급히 코를 들이

밀고 쿵쿵거렸다. 주연이 눈치챌까 봐 재빨리 뒤로 물러서는 것도 잊지 않았다. 헌데 영오의 눈에 이해할 수 없는 난감함이 스쳤다. 오늘도 주연의 향 외에 다른 향은 섞여 있지 않았다.

영오는 화학약품 공장에서 시작한 아버지의 가업을 이어받아 30대부터 작은 향수 회사를 운영하고 있었다. 그러다 보니 조향사 수준까진 아니어도 자연히 향에 민감했고, 여러 가지 뒤섞인 향도 어느 정도 구별할 수가 있었다. 10년 전 주연의 바람을 의심했을 때도 그것 때문이었다. 달라진 향. 누군가의 것과 섞여서 아내의 체취가 변해 있었다. 그땐 증거를 제대로 확보하기 전에 들켜버리는 바람에, 주연은 그걸 이용해 오히려 그를 의처증으로 몰았다.

이번엔 반대의 상황이었다. 증거들이 명확히 보이는데, 자신이 직접 상대까지 목격했는데, 주연의 체취에는 변화가 없었다. 영오는 상황을 이해할 수 없어서 그대로 생각에 빠져들었다. 영오가 있는 자리에선 받자마자 끊어버리는 전화, 뻔히 보이는 거짓말, 더 잦아진 외출과 신경 쓴 화장. 체취의 변화가 아니라도 당연히 외도를 의심할 수 있는 증거들이었다.

영오는 생각이 정리된 듯 고개를 크게 주억거렸다. 상대 남자 놈을 재차 목격하기까지 했으니 자신의 생각이 틀릴 리가 없다고 확신했다. 이번에는 증거를 제대로 확보해서 아내에게 잘못을 시인하게 만들 셈이었다. 그러면 남은 생애 동안만이라도 자신에게 충실할 것이라 생각했다.

영오의 휴대전화에서 메시지 알림이 떴다. 지난주에 넘겼던 남자의 차량 번호로 기본 조사를 마친 흥신소의 회신이었다. 영오의 얼굴에 야비한 미소가 떠올랐다.

"뭐라고? …확실한 거야?"

한나는 깜짝 놀란 듯 되물었다. 영오가 주연의 바람에 대해 말하자 곧장 나온 반응이었다.

영오의 여동생인 한나는 미국 유학에서 돌아온 후 지금까지 10년 넘게 그를 도와 회사 경영 전반을 관리하고 있었다. 오늘도 신제품 개발 보고 때문에 그의 사무실을 찾아온 터였다. 한나가 자리에 앉자마자 영오는 주연이 바람피우고 있다고 털어놓았다.

"확실하다니까! 이번엔 제대로 증거 잡을 거야. 다신 외간 남자 발끝도 못 쳐다보게!"

한나가 심각한 표정으로 영오를 마주 보았다. 10년 전 사건이 떠올라서였다.

자신이 귀국한 지 얼마 되지 않았을 때였다. 영오는 주연의 일거수일투족을 감시하면서 곁에 없으면 불안해했다. 결국 나중엔 사람을 붙여 미행하다가 주연에게 들켰다. 그 일로 주연은 불같이 화를 내며 이혼을 요구했고, 영오는 바로 꺾여버렸다. 질투와 집착으로 힘들어도 주연과 헤어지는 건 그에게 불가능한 일이었다. 당시 주연은 결혼을 유지하는 조건으로 영오에게 정신과 치료를 받게 했다. 영오는 결국 의처증 진단을 받고 약을 1년 가까이 먹었다. 그 덕인지 한동안 잠잠했었다. 바로 오늘 이전까지는.

영오는 한나가 무슨 생각을 하고 있는지 넘겨짚었지만 이번에는 상황이 다르다는 걸 증명할 자신이 있었다.

"그놈 미행을 붙여놨으니까 뭐라도 나오는 대로…."

"그놈? 상대가 누군지 알아?"

결연한 표정으로 중얼거리는 영오의 말에 한나가 놀라서 물었다.

"어, 니 올케가 끝까지 이름을 안 댔지만, 그렇다고 알아낼 방법이 없겠냐? 돈이면 다 돼. 권…, 뭐였는데… 아,

효남?"

영오가 오만한 말투로 답한 뒤, 휴대전화 화면 속 남자를 노려보다 말을 이었다.

"주연이보다 세 살이나 어려. 재수 없는 새끼, 기생오라비같이 생겨가지고… 쯧!"

"권효남? 효남이라고?"

"어, 너 아는 놈이야?"

영오가 인상을 찌푸리며 되물었다. 한나는 잠시 망설이더니 목소리를 낮춰 답했다.

"응, 학교 동아리 후배…."

"뭐? 그럼 혹시 주연이가 열병을 앓을 만큼 사귀었다던 그놈이야? 그 새끼 맞아?"

언젠가 지나가듯 주연이 언급했던 말을 떠올린 영오가 금세 손을 부들부들 떨면서 소리쳤다. 한나는 급히 그를 진정시키려고 말했다.

"아니야, 효남인 아니야. 걔랑은 사귄 적… 없어, 내가 알기론."

한나의 말에도 여전히 영오는 두 주먹을 움켜쥔 채 인상을 잔뜩 구기고 있었다. 질투가 점점 분노로 바뀌어 그의 얼굴이 벌게졌다. 그의 머릿속에는 온통 주연과 효남이 만나서 했을 더러운 짓거리에 대한 상상으로 가득 찼다.

이 연놈들을 내가…!

"내가 뭘 도와주면 돼? 나한테 부탁할 게 있다면서?"

영오의 이성을 붙잡기 위해 한나가 다급히 외쳤다. 사무실에 들어섰을 때 영오가 그렇게 말문을 열었었다. 그제야 영오는 '아!' 하는 소리와 함께 정신을 차렸다. 머리를 좌우로 흔들더니 눈을 질끈 감았다 뜨곤 한나에게 말했다.

"강 상무, 네가 주연이 미행 좀 해라."

"뭐?"

"전에 흥신소 사람 붙였다가 난리가 났잖아. 너야 주연이랑 어울리는 시간도 많으니까 미행도 훨씬 자연스러울 테고, 들킬 염려도 없지 않겠어?"

한나는 잠시 입을 꾹 다문 채 영오를 똑바로 바라봤다. 조금 망설이는가 싶더니, 마침내 결심한 듯 입술을 뗐다.

"알았어, 할게."

2

초록이 만연한 남양주 전원에 자리한 효남의 카페는 젊은 여성들에게는 인스타 감성으로, 나이가 좀 있는 여성들에게는 자연이 주는 안락함과 향 좋은 커피로 소문난 곳이었다. 같은 콘셉트로 경기도와 강원도에 다섯 개가 넘는 카페를 운영하는 효남은 성공한 사업가이자 매력적인 독신으로 여러 매체에 소개되고 있었다.

날이 좋았지만, 일중독 수준의 효남은 오늘도 본점에 나와 전반적인 운영을 확인하고 직접 커피 로스팅 기계를 돌리고 있었다. 그런데 기계를 바라보던 효남의 눈에서 일순 초점이 사라졌다. 다른 생각에 빠진 듯 입가에는 미소가 번졌다.

며칠 전 만난 주연의 모습이 자꾸만 생각나 가슴이 뛰었다. 여전히 싱그러운 특유의 매력이 그녀의 옛 시절 모습을 떠올리게 했다.

대학 신입생이었던 효남은 동아리 회원 모집 부스의 주연에게 반해 전혀 관심도 없던 사진 동아리에 들어갔다. 조금이라도 가까워지기 위해 주연이 가는 출사는 무

조건 따라붙었다. 전시나 이벤트 준비 같은 것도 주연이 진행 요원이면 수업에 빠지는 한이 있어도 자원했다.

"아, 근데… 주연 선배는 지금 만나는 사람 없는 거 맞죠?"

가을 축제 전시 준비를 함께하던 2학년 남자 선배와 농담을 주고받을 때였다. 효남은 그냥 지나가는 말처럼 슬쩍 운을 뗐다. 선배는 피식 웃으면서 알 만하다는 듯 되물었다.

"역시, 너도 주연 누나 때문에 들어왔냐?"

"아, 아뇨, 꼭 그런 건 아니…."

"이해한다! 사실 나도 첨엔 누나 땜에 들어왔거든, 하하하!"

선배의 말에 효남은 어색하게 웃음만 지었다. 그런데 선배는 허탈한 웃음을 곧 멈추더니 낮은 목소리로 덧붙였다.

"근데, 누나랑은 안 될 거야. 네가 생각하는 방식의 연애."

"네?"

생각지 못한 말에 효남이 놀란 목소리로 되묻자 선배는 손을 멈추고 그를 돌아봤다. 그러곤 안타까운 표정으로 진지하게 말을 이었다.

"…정 원한다면 네가 잠깐 만날 순 있을지도 몰라. 근데… 오래가긴 힘들어. 그동안 덤벼들었던 남자들 대부분이 감당 못했어."

"그게 무슨 말씀이세요?"

여전히 알 수 없다는 표정으로 효남이 물었다. 선배는 몸을 돌려 다시 짐을 정리하며 말했다.

"누난 자신의 마음에 한없이 충실해서 연애 개념이 남들과 달라. 누굴 만나도 거기에 속박되지 않는 거야. …너랑 사귀고 있더라도 누군가에게 관심이 생기면 그 사람이랑 잘 거야. 그게 남자든 여자든."

효남은 그의 마지막 말에 놀라 들고 있던 전시 액자를 바닥에 떨어뜨리고 말았다.

"야아, 너!"

"아, 죄, 죄송합니다!"

다행히 액자는 모서리가 약간 찍혔을 뿐, 앞면의 유리는 멀쩡했다. 그래도 선배는 모서리에 난 흠 때문에 한참 동안 잔소리를 늘어놨다. 하지만 효남의 귀엔 그의 말이 하나도 들리지 않았다. 주연이 그의 머릿속을 이미 가득 채우고 있었다.

그렇게 준비한 사진전에서 가장 인기를 끈 작품 역시 주연을 찍은 인물사진이었다. 효남은 그녀의 싱그러운 매력이 놀라우리만치 잘 담겨 있는 사진이라고 생각했다. 그 밝은 에너지와 아름다움을 그냥 지나칠 수 있는 관람객은 거의 없었다.

"나 정말 잘 나왔지?"

사람들이 좀 빠져나가자, 넋 놓고 사진을 보고 있던 효남에게 주연이 다가와 말을 걸었다. 갑작스러운 그녀의 등장에, 그리고 자신을 향해 환하게 미소 짓는 모습에 효남은 입이 떨어지지 않았다. 그래서 어쩔 수 없이 고개만 빠르게 끄덕이는 것으로 답을 대신했다.

주연은 그런 효남이 귀엽다는 듯 보다가 다시 사진으로 시선을 옮겼다. 효남은 주연의 옆얼굴을 한참 감상하다 문득 작품의 캡션을 확인했다. 비어 있었다. 간혹 작품에 자신이 없을 땐 이렇게 무명으로 전시에 참여하는 경우가 있긴 했지만, 효남은 고개를 갸우뚱거릴 수밖에 없었다. 충분히 자랑할 만한 작품이라고 생각해서였다.

"…찍어주신 분이 선배의 매력을 잘 표현해낸 것 같아요. …상당히 가까운 사이신가 봐요?"

그의 말에 주연은 잠시 망설이더니 천천히 고개를 끄

덕였다.

효남은 주연과 함께하려고 그토록 동아리 활동을 많이 따라다녔어도 지금처럼 단둘이 대화를 한 적이 없었다. 효남은 뭔가 이야깃거리를 더 잡아야겠다고 생각했다. 그때 사진 속 주연의 머리에 꽂힌 꽃을 발견하고 다급히 물었다.

"근데 저 꽃은 이름이 뭐예요? 나팔꽃이랑 비슷하게 생겼는데 저 색은 처음 보네요."

"하하하, 나팔꽃, 그렇게 볼 수도 있겠구나. 저건 능소화야."

주연의 상큼한 웃음소리에 관람객들이 고개를 돌려 그들을 바라봤다. 효남은 묘한 자부심을 느끼며 주연에게 다시 말했다.

"아, 능소화… 처음 들어요."

"그러면 저 꽃에 얽힌 전설도 모르겠네? 알려줄까?"

"네!"

장난스럽게 묻는 주연의 말에 효남은 어린아이처럼 답했다. 주연은 다시 한번 싱긋 미소를 짓고 이야기를 시작했다.

"옛날 어느 궁궐에 왕을 사랑한 여인이 있었는데 왕은

사정이 있어서 여자의 처소에 들르질 못했대. 여자는 사랑하는 사람을 기다리다가 결국 병에 걸리고 말았어. 그 여인이 마지막으로 남긴 유언이 죽으면 담벼락 아래에 묻어달라는 거였대. 그 사람을 그렇게라도 계속 기다리겠다고…. 여인이 묻힌 자리에 피어난 꽃이 저거래."

효남은 주연의 나긋나긋한 목소리에 빠져들어 멍하니 듣고 있다가, 그녀가 그의 반응을 보려고 고개를 돌리고 나서야 정신을 차려 답했다.

"아, 아, 네. 스, 슬픈 이야기네요."

"슬픈가? 그럴 정도로 사랑할 수 있는 누군가가 있다는 게 난 정말 부러운데?"

주연의 말에 효남은 선배에게 들은 이야기가 떠올랐다. 주연이 남들은 이해하기 힘든 방식으로 여러 사람을 만났던 건, 진짜로 사랑하는 사람을 아직 찾지 못해서였던 게 아닐까 하는 생각이 들었다. 그리고 혹시 자신이 그 사람이 될 수 있진 않을까 하는 생각도.

요동치는 심장 소리가 주연에게 들릴 것 같아 효남은 한 발짝 뒤로 물러섰다.

효남은 예전에 주연을 향해 뛰었던 심장 박동을 다시

느끼고 있었다. 그때 뭔가를 더 해보지 못했던 게 두고두고 후회됐다. 그런데 세월이 지나 우연히 다시 만나다니, 결국엔 주연과 이어질 운명인 걸까. 정말 자신이 그녀가 기다리던….

"대표님, 뭐 좋은 일 있으세요? 얼굴에서 미소가 떠나질 않으시네요."

매니저의 목소리에 생각의 시간이 멈췄다. 효남은 멋쩍게 웃으며 답했다.

"아, 그렇게 티가 나나? …내가 정말 좋아했던 사람을 우연히 다시 만났거든."

"에? 정말요? 와, 그럼 다시 잘 해보시는 거예요?"

주연에게는 남편이 있다. 대학 졸업 후 결혼해서 지금까지 그녀와 함께 산 남자. 지금 효남이 주연과 만나는 것은 불륜이다. 이성적으로 따져보면 말도 안 되는 생각이었다.

"…그럴지도?"

효남은 말도 안 되는 그 생각을 자신도 모르게 입 밖으로 내뱉었다.

멀리서 카메라가 자신의 모습을 쉴 새 없이 촬영하고 있다는 것은 생각지도 못한 채였다.

3

첫눈에 반하다. 영오가 주연에게 빠져들었던 순간을 표현할 다른 말은 없었다.

학적에 이름만 올려놓은 채 놀기에 바빴던 대학 시절, 날도 좋았는데 친구들이 하필 모두 일이 있어서 혼자 남겨졌다. 그래서 하는 수 없이 평소 같았으면 한창 놀고 있을 시간에 집으로 돌아와야 했다.

대문을 열고 마당에 들어서는데 귀를 간질이는 낯선 여자의 웃음소리가 들렸다. 익숙한 한나의 목소리도 섞여 있었다. 영오는 그들의 모습을 찾아 두리번거리다가 마당 뒤편에서 한나와 이야기를 나누며 웃고 있는 주연을 발견했다. 신선한 생명력의 빛. 봄날의 햇살을 받아 반짝이는 주연의 눈웃음과 흩날리는 머릿결. 그 모든 것이 신비로웠다. 영오는 자석처럼 거기에 이끌렸다.

영오의 부탁에도 한나는 주연을 소개해주는 일을 차일피일 미뤘다. 그동안 영오가 여자와 쉽게 만나고 헤어졌던 이력 때문이었다. 그러나 한나가 소개해주지 않는다고 주연을 만날 방법을 못 찾을 영오는 아니었다. 학교에 찾아가서 두 사람을 몰래 따라붙었다. 둘은 함께 듣는 수업이 많았는데 그럴 땐 시간을 때우며 기다렸다. 주연이 혼자 있을 때 기회를 잡아 그녀에게 접근했다. 그렇게 사랑을 시작했고 망설이던 주연을 설득해 결혼까지 일사천리로 해치웠다.

영오가 결혼을 준비할 무렵, 이미 병환 중에 있던 어머니가 돌아가셨고 한나는 아버지와 크게 다툰 후 집을 나갔다. 영오는 주연에게 빠져 있을 때라 다른 일엔 신경을 쓸 겨를이 없었다. 아니, 신경을 쓰지 않았다. 특히 한나는 예전에도 아버지에게 대들었다가 크게 혼난 적이 있어서 이번에도 비슷한 일이겠거니 했다. 한나는 어릴 때 용돈 삼아 받았던 주식을 잘 굴렸던 모양인지 그걸 처분해서 미국 유학을 떠났다. 아버지가 돌아가시기 전에 귀국한 것 같았지만 집으로 돌아오진 않았다. 주연을 통해서만 간혹 소식을 전했다.

결혼생활은 한동안 만족스러웠다. 처음부터 영오가 더 좋아해서 한 결혼이었기에, 주연이 조금 서운하게 굴어도 큰 불만은 없었다. 신비롭고 싱그러운 매력을 가진 그녀를 가까이에 두는 것만으로도 충분했다. 하지만 영오가 감탄해 마지않던 그녀의 빛은 금세 시들해져 버렸다.

먼저 바람을 피운 건 영오였다. 빛을 발하던 주연에 대한 기억을 다른 여자들에게서 찾았다. 다행스럽게도 주연은 영오의 바람을 눈치채지 못한 건지, 아니면 신경을 쓰지 않은 건지, 아무런 투정도 불평도 하지 않았다. 그렇게 몇 년이 흘렀다.

그런데 어느 날 주연에게서 평소와 다른 향기가 났다. 영오가 일이 있어서 조금 늦게 출근하려고 현관 계단을 내려가던 길이었다. 아침 운동을 다녀온 주연이 계단을 올라오고 있었다.

"오늘은 늦게 나가네?"

애정 없는 인사말을 단조롭게 전하며 그녀가 영오의 앞을 지나쳤다. 그런데 처음 맡아보는 향이 코끝에 걸렸다. 옅지만 은은하면서도 자신을 잡아끄는 향기. 영오는 걸음을 멈추고 고개를 돌려 계단을 오르던 주연을 바라봤다. 그녀가 다시 빛나고 있었다. 예전의 싱그러움이 주연의 머리에서, 목에서, 어깨에서 흘러내리고 있었다.

"당신, 향수 바꿨어?"

"…아닌데?"

주연은 영오를 돌아보지도 않고 담담한 말투로 답한 채 그대로 현관 안으로 들어가 버렸다. 그게 그의 분노를 자극했다. 곧바로 주연을 쫓아 들어가 추궁했다. 누구랑 있다 온 거냐고, 새벽부터 나가서 뭘 했느냐고. 주연은 이미 몇 년째 테니스 치러 다니는 걸 알고 있지 않았냐면서 오히려 그를 치매냐며 비웃었다. 그 당당한 태도가 묘하게 영오의 신경을 건드렸다.

'이 여편네가 어디서 감히!'

영오의 어린 시절, 아버지가 어머니를 때리던 모습이 뇌리에 스쳤다. 분명히 어머니도 아버지의 신경을 이런 식으로 거슬려서 맞았을 거라 생각했다. 어머니가 가장 크게 겁먹었던 때는 언제였는지 기억 속으로 더 깊이 들어갔다. 아버지가 한나를 때린 날이었다. 어머니가 그 앞을 막아서자 아버지는 얼굴이 붉으락푸르락해지더니 부엌에서 커다란 식칼을 들고 나와 그녀에게 들이밀었다. 영오는 그때 어머니의 눈빛이 끔찍한 공포로 물들었던 것을 기억해냈다.

영오는 당장 부엌으로 달려가 식칼을 잡았다. 오른손에 움켜쥔 채 주연의 얼굴이 공포로 물들 것을 기대하면서 그녀의 방으로 냅다 뛰었다. 이거라면 털어놓을 거라고 확신했다. 그녀가 외도를 했다고, 그래서 체취가 변한 거라고, 영오가 제대로 알아챈 거라고.

부부 사이가 소원해져도 바람을 피울 수 있는 건 영오

만이어야 했다.

“요즘 되게 일찍 들어오네? 어떻게 회장님께서 일개 사모님보다 집을 더 잘 지키실까.”

주연의 목소리에 영오는 정신이 번쩍 들었다. 그녀가 피곤한 기색으로 소파에 앉아 있던 영오에게로 다가왔다. 영오는 약간 긴장한 눈빛으로 주연의 행동을 주시했다.

주연은 영오 앞에 서더니 말없이 작은 쇼핑백 하나를 그에게 내밀었다.

“…이게 뭐야?”

영오는 어색하게 쇼핑백을 받아들며 물었지만 이내 그게 뭔지 알아챘다. 향수였다. 사향이 베이스로 들어간 남자 향수.

“한나랑 백화점 갔다가 시향을 해보니까 괜찮아서 샀어. 요즘 남자들한테 인기 있는 향수래, 제품 개발에 참고하라고. …하아, 피곤하다.”

주연은 유연한 몸을 움직여 부드럽게 기지개를 켜곤 안방이 있는 위층으로 향했다.

한나랑? 시누이를 알리바이로 대면 내가 당연히 믿을 거라고 생각했나?

영오는 위층에서 방문이 닫히는 소리가 나자마자 휴대전화를 꺼내 재빨리 문자를 보냈다.

'오늘 주연이랑 백화점 갔냐?'

그때 갑자기 전화벨이 울렸다. 영오는 화들짝 놀라 자신의 휴대전화를 바라봤지만 거기서 나는 소리가 아니었다. 소파에 올려둔 주연의 핸드백 안에서 나는 소리였다. 영오는 위층으로 오르는 계단에 가까이 가서 귀를 기울였다. 샤워하는 소리가 어렴풋이 들렸다. 주연은 한동안 욕실에 머무를 거란 얘기였다.

영오는 재빨리 소파로 다가가 주연의 핸드백에서 전화기를 꺼냈다. 발신자 표시에 이름이 보이지 않았다. 다만 'HN'이라는 영문 이니셜이 떠 있었다. 가지가지 하네. 이니셜을 쓰는 뻔한 수법으로 감춘다고? 영오는 같잖다고 생각했다. 그런데 계속 울리는 전화벨 소리가 그를 긴장하게 만들었다. 영오는 잠시 생각에 잠겼다가, 결심한 듯 통화 버튼을 눌렀다.

"…여보세요?"

일부러 중저음으로 낮게 목소리를 냈다. 무거운 목소리에 놈이 겁을 집어먹도록.

하지만 건너편에선 아무런 말도 소리도 들리지 않았

다. 영오는 톤을 높여 다시 얘기했다.

“전화를 걸었으면 말을…!”

전화는 그대로 끊겼다. 영오는 다시 대기 모드가 된 휴대전화 화면을 바라보며 피식 코웃음을 쳤다. 만면에 오만한 미소를 띠며 생각했다. 겨우 이 정도로 겁을 집어먹고 전화를 끊을 위인이 감히 누구 마누라를….

띠링.

대기 모드였던 휴대전화 화면에 문자 알림창이 떴다. 화면 잠금 때문에 문자 내용은 보이지 않았지만 발신자의 이름은 떠 있었다. 역시나 HN. 효남, 효남! 영오는 분노로 씩씩거리기 시작했다. 이것들이, 어디서 세상 무서운 줄 모르고! 천벌 받을 것들!

그는 주연의 휴대전화를 그대로 벽에 던져버리려 팔을 높이 쳐들었다. 하지만 동시에 정신이 번쩍 들었다. 좀 더 증거를 확보할 때까진 자신이 둘 사이를 알고 있다는 사실을 감춰야 한다고 생각했다. 영오는 이성을 다잡으며 휴대전화를 쥔 팔을 천천히 내렸다. 부들부들 떨리는 손으로 주연의 핸드백에 다시 집어넣었다.

영오는 가만히 서서 혹시 주연이 내려오는 기척이 있는지 귀를 기울였다. 아무 소리도 들리지 않자 급히 1층에 있는 손님용 화장실로 들어가 문까지 걸어 잠갔다. 휴대전화를 꺼내 전화를 걸자 한나가 곧바로 받았다.

—아, 문자 답하려고 했는데, 운전 중이라….

"주연이랑 갔어, 안 갔어? 백화점!"

다짜고짜 한나의 말을 끊으며 영오가 물었다. 그녀는 조금 시간차를 두고 답했다.

—…오늘 주연이랑 안 만났어. 몇 시간 뒤를 쫓긴 했지만….

역시 그랬어! 한주연, 이 앙큼한 여편네. 절친까지 팔아서 외도를 해보시겠다? 이번엔 정말 다리를 분질러서라도 집 안에 앉혀놓고야 말 테다.

"놈이랑 같이 있는 사진은? 찍었어?"

—아니, 오늘도 안 만나던데? 하루 종일 주연이 혼자였어.

네가 보지 못한 곳에서 만난 거야, 바보 같은 년! 영오는 한나가 회사 일은 잘하지만 이런 쪽으론 영 못 미덥다는 걸 깨달았다. 공부만 잘했지 연애는 문외한이라, 바람피우는 연놈들이 다른 사람의 눈을 피해 교묘하게 만나는 일은 상상도 못하는 게지.

영오는 일단 알았다고 말하고 전화를 끊었다. 일전엔

증거를 확보하지 못해서 실패했지만 이번엔 자신이 직접 전화도 받고 문자까지 온 것을 확인했다. 그 기록은 주연의 전화기에 HN이란 연락처로 고스란히 남았다.

이제 둘이 만나는 사진만 건지면 주연을 몰아붙일 수 있었다.

4

그런데 흥신소 직원이 보내온 효남의 행적은 영오의 기대와 전혀 달랐다. 자신이 처음 목격한 날 이전엔 서로 연락한 흔적이 없고, 그 이후엔 친구들과 함께 카페를 방문한 두 번째 만남이 끝이라는 거였다. 영오는 절대 그럴 리 없다고 확신했다. 백화점에서 남자 향수를 사온 날도 그렇고, 주연이 아닌 척 연기했지만 효남에게서 걸려온 전화를 무음으로 돌리거나 다른 사람의 전화인 양 받는 모습을 그 후로도 여러 번 봤기 때문이다.

영오는 그들의 조사가 부족했다고 결론 내리고 다른 방법을 쓰기로 했다.

"당신 오늘은 일 없어요? 난 이제 나갈 건데."

주연이 심플하지만 강렬한 다홍색 원피스를 입고 방에서 나왔다. 요즘 만발하기 시작한 능소화와 같은 빛깔이었다. 영오의 눈에는 담에 핀 꽃보다 주연이 더 화사하고 생명력 있어 보였다. 괜스레 짜증이 밀려왔다. 여편네야, 나이가 들면 좀 늙는 게 정상이라고!

"…강 회장님?"

영오가 답이 없자 주연이 눈썹을 치켜세우며 그를 다시 불렀다.

"아, 어, 나, 나는 박 회장이랑 이따 호텔에서 미팅하기로 했어. 천천히 나갈 거야."

"그래요, 그럼. 난 가요."

대충 얼버무려 답하는 그의 어색함을 눈치채지 못한 듯, 주연은 겉옷과 핸드백을 챙겨들곤 1층으로 내려갔다. 영오는 커튼 뒤로 몸을 숨긴 채 주연이 대문을 나서는 모습을 지켜봤다. 그녀가 미리 불러둔 모범택시에 몸을 싣자, 영오는 재빨리 자신의 방으로 가서 미리 준비해둔 골프복으로 갈아입었다. 자신이 직접 효남을 쫓기 위해서였다.

효남의 동선은 흥신소에서 미리 받아두었다. 영오는 지금 출발하면 효남이 영동고속도로로 진입하는 시간에 얼추 맞출 수 있을 거라고 생각했다. 두 연놈이 강원도 어딘가에서 데이트를 즐길 생각인가 본데, 그 현장을 잡아서 내가 아주….

"딩동."

주말 아침이라 방문하기로 한 사람은 없었다. 영오는 고개를 갸웃거리며 겉옷을 챙겨 아래층으로 내려왔다.

격일로 오전에만 집안일을 도와주는 이 여사가 꽃바구니를 들고 막 현관으로 들어서고 있었다.

"아, 회장님, 차나 과일 챙겨드릴까요?"

"물이나 한 잔. …거, 그건 뭡니까?"

"사모님께 온 건데요, 누가 사모님 생신을 잘못 알았나 봐요. 호호호."

이 여사가 꽃바구니를 소파 테이블에 내려놓은 후 부엌으로 바삐 들어갔다. 영오는 게슴츠레한 눈으로 꽃바구니를 주시하며 다가갔다. 주연이 생일? 겨울 아니었나? 꽃바구니에 카드가 꽂혀 있었는데 겉면에 'Happy Anniversary!'라고 쓰여 있었다. 이 여사가 'Happy'란 단어만 보고 생일카드라고 넘겨짚은 모양이었다. 쯧. 영오는 낮게 혀를 찼다. 그나저나 기념일이라니, 무슨 기념일? 영오는 여전히 마뜩잖은 기분으로 카드를 뽑아 열어보았다. 카드 속에 메시지는 따로 없었다. 다만 보낸 이의 이니셜이 쓰여 있었다. 순식간에 영오의 얼굴이 벌겋게 달아올랐다. HN. 이 미친놈이! 이젠 하다하다!!

영오는 당장 카드를 찢어서 바닥에 버린 후 꽃바구니까지 세게 내동댕이쳤다. 바구니 안에 있던 오아시스가 튀어나오면서 바닥에 부딪쳐 꽃대가 꺾이고 꽃송이는 뭉개져 흩어졌다.

"어머!"

이 여사가 깜짝 놀라 물컵을 쟁반째 떨어뜨리며 소리를 질렀다. 유리컵이 날카로운 소리를 내며 대리석 바닥 위로 산산조각 났다. 영오는 유리 파편은 신경도 쓰지 않은 채 찢어진 카드와 망가진 꽃바구니를 손가락으로 가리키며 소리쳤다.

"아줌마, 이거! 이거 다! 몽땅 쓰레기통에 쳐넣어! 지금 당장 치우라고!"

"네, 네! 회, 회장님! 제가 처리할게요. 죄송합니다, 죄송합니다!"

안절부절못하는 이 여사를 뒤로한 채 영오는 숨을 씩씩대며 현관문을 나섰다.

놈이 나를 얼마나 물로 봤으면 집으로 꽃바구니를, 감

히 이니셜까지 새겨서 보내?

효남의 차는 영동고속도로 위에서 느리게 움직이고 있었다. 주말이라 도로 위에 차가 꽤 많았다. 강릉에 새로 낸 카페 분점에서 만나기로 한 주연과의 약속 시간에 늦을까 봐 효남은 연신 고개를 뽑아 앞선 차량들의 속도를 살폈다.

'나 오늘 남양주 갈 건데, 볼 수 있니?'

오늘 아침 일찍 주연에게서 문자가 왔지만 하필 효남에겐 강릉 출장 스케줄이 있었다. 새로운 원두 블렌딩을 테스트하는 사업 파트너와의 미팅이었다. 주연을 만날 기회를 놓치기 아쉬웠던 효남은 그곳에 다녀와서 저녁에라도 볼 수 있을지 물었다. 그런데 뜻밖에 주연이 바람도 쐴 겸 강릉 카페까지 오겠다고 했다.

효남은 문자를 주고받을 때 자신이 느낀 떨림을 그녀도 느꼈을지 궁금했다. 그 생각을 하니 콧노래가 절로 나왔다. 노래를 흥얼거리는데 문득 뭔가 이상했다. 백미러에 비친 차량이 눈에 익었다. 벤츠 S63 AMG. 남자라면 누구나 꿈꿔볼 고급차라서 단연 눈에 띌 수밖에 없었다. 고속도로에 접어들 무렵 분명히 뒤에 있는 걸 봤다. 그런데 한 시간 가까이 그 위치를 벗어나지 않고 있다는 건 아무래도 이상했다. 효남은 잠시 생각에 잠겼다가 내비게이션으로 근처 휴게소를 확인했다. 횡성휴게소가 500미터 앞에 있었다. 효남은 급히 핸들을 꺾어 차선을 바꿨다. 아니나 다를까 뒤차도 바로 그를 좇아 움직였다. 갑작스럽게 진로를 방해받은 차량들이 경적을 울렸다.

효남은 휴게소로 진입해서 가장 가까운 주차 구역에 차를 세웠다. 벤츠는 속도를 줄이면서 그의 차를 지나쳐 휴게소 중앙의 앞뒤가 트인 자리로 들어갔다. 효남은 그 모습을 보자마자 급히 차에서 내려 몸을 수그린 채 그쪽으로 빠르게 접근했다.

영오는 주차 후 고개를 낮추고 효남의 차를 관찰했다. 효남이 내렸는지 어땠는지 잘 보이지가 않았다. 인상을 찌푸린 채 눈의 초점을 맞추려는데 누군가 운전석 창문을 두드렸다. 영오는 귀찮은 듯 고개를 돌렸다가 퍼뜩 놀라고 말았다. 그곳에 효남이 서 있었다.

"내려 보시죠."

그가 영오를 향해 손가락을 까닥였다. 영오는 그가 자신을 내려다보는 모양새에 기분이 나빠 부아가 치밀었다. 곧바로 차문을 열고 바닥에 내려섰다.

"왜, 뭐?"

영오는 효남을 마주한 채 턱을 치켜들며 위협적으로 물었다. 하지만 효남은 생각보다 키가 컸다. 집 창문에서 내려다봤을 땐 자신과 별 차이가 나지 않는다고 여겼건만 바로 앞에 서니 자신보다 얼굴 하나 정도는 더 컸다.

"왜 쫓아오시는 겁니까?"

"뭐?"

점잖게 묻는 효남의 말에 영오는 단순히 되묻는 것밖에 할 수 없었다. 둘이 만나는 순간을 덮치려고 했는데, 그러면 욕을 퍼부어주며 할 말이 많았는데, 속으로만 되뇌던 그 계획들은 일이 벌어지기 전엔 아무 소용이 없는 것이었다.

입술만 달싹이던 영오는 겨우 뭔가 떠오른 듯 버럭 소리를 질렀다.

"…다, 당신이 아까 위험하게 끼어들기 했잖아!"

"네…?"

효남은 어안이 벙벙한 표정으로 되물었다. 끼어든 기억이 없었다. 운전을 급하게 하지 않는 편이라 이런 식의 시비가 붙은 건 20년이 넘는 운전 경력 중 처음이었다.

하지만 주연과 문자를 주고받은 후부터 주의가 산만해져서 그런 실수를 했을 가능성도 배제할 순 없었다.

휴게소 사람들의 눈길이 그들에게 쏠리는 걸 느낀 효남은 살짝 고개를 기울여 사과의 말을 건넸다.

"제가 그랬다면 사과드립니다. 미처 몰랐습니다."

하지만 그의 말에 영오의 눈빛이 일순 변했다. 갑자기 효남의 목덜미에 코를 바짝 대고 킁킁거렸다.

"뭐, 뭐 하는 겁니까?"

효남은 깜짝 놀라 뒤로 물러서며 소리쳤다. 구경하던 사람들도 두 남자의 기괴한 상황에 웅성거리기 시작했다.

영오의 얼굴이 벌겋게 달아오르더니 몸을 부르르 떨었다. 효남에게서 풍기는 향을 기억해낸 것이었다. 사향을 베이스로 만든 향. 주연이 자신에게도 주었던 그 향수! 그년이 이번엔 체취를 감추려고 아예 머리를 썼구나! 분노가 단박에 영오의 머릿속을 지배해버렸다. 자신이 지금 어디에 있으며, 무슨 상황인지는 모두 잊어버렸다. 영오의 본능이 순식간에 그가 살면서 한 번도 시도해본 적 없는 행동을 하도록 이끌었다.

영오는 효남의 얼굴을 향해 굳게 쥔 주먹을 빠르게 뻗었다. 효남은 갑작스레 날아든 주먹을 피하려다 몸의 중심을 잃고 옆에 주차된 차의 보닛 위로 눕듯이 쓰러졌다.

단순한 말다툼인 줄 알았는데 주먹질까지 발생하자 놀란 사람들이 큰 소리로 웅성거렸다. 효남이 건드린 차량의 도난 경보음까지 더해져 주차장은 순식간에 시끌벅적해졌다.

그 시끄러운 소리에 영오의 이성이 돌아왔다. 보닛에 몸을 기댄 채 놀란 눈으로 자신을 바라보는 효남을 발견하곤 곧바로 자신의 차에 올라 허겁지겁 시동을 걸었다. 효남이 급히 몸을 일으켜 세우며 그의 차를 잡으려고 했지만, 영오는 비어 있던 공간으로 후진해서 그대로 휴게소를 빠져나갔다.

내가 놈의 얼굴에 주먹을 날렸어! 영오는 요 며칠간 쌓였던 체증이 내려가는 기분이었다. 상처가 생긴 얼굴로 주연을 만나러 가지는 못할 거란 생각에 웃음이 절로 나왔다. 영오는 비열한 웃음소리를 흘리며 액셀에 올린 발에 힘을 줬다. 차에서 나온 굉음이 고속도로 위에 시끄럽게 뿌려졌다.

5

"뭐? 둘이 만났다고? 그럴 리가…!"

영오는 얼굴에 상처가 생겼을 효남이 어떻게 그 꼴로 애인을 만나러 간 건지 이해되지 않아 소리쳤다. 하지만 한나가 아이패드로 보여주는 사진들에서 그의 얼굴은 깨끗했다. 주연과 카페에 마주 앉아서 시시덕거리고 있었다. 분명히 내 주먹이 놈의 얼굴에 닿았는데….

하지만 영오는 이내 좋은 쪽으로 생각을 바꿨다. 둘이 만난 사실은 맘에 안 들어도 그 덕에 증거 사진을 건지는 데 성공했으니까. 찌푸리고 있던 얼굴이 만족스러운 표정으로 바뀌었다.

한나는 그런 영오를 바라보며 걱정스럽게 입을 뗐다.

"며칠 동안 주연일 따라 다녔지만, 두 사람이 만난 건 어제뿐이었어. 그것도 효남이네 카페에서 잠깐. 이게 증거가 되겠어?"

영오는 다른 증거들은 한나에게 말해주지 않았다. 전화와 문자, 꽃바구니, 향수. 거기에 이 사진이면 주연이 진실을 고백하게 만들기에 충분했다.

"이것 말고도 많아! 이번엔 진짜 제대로 준비했어, 내가!"

영오가 확신에 찬 표정으로 말하곤 한나에게 아이패드를 돌려주었다.

"이거, 다 나한테 전송해."

"…알았어. 파일 용량이 크니까 압축해서 메일로 보낼게."

한나는 말을 마치며 자리를 정리하고 일어섰다. 영오도 말없이 만면에 웃음을 띤 채 일어섰다. 영오는 주연을 옭아맬 준비가 됐다는 확신에 마음이 편안했다.

한나가 사무실을 나가려고 문을 열었다가 다시 몸을 돌려 걱정스럽게 말했다.

"근데 정말… 괜찮겠어? 이번에도 의처증 진단이 나오면 이사회에서…."

"뭐?"

발끈한 영오의 목소리가 사무실 밖까지 울렸다. 한나는 문손잡이를 잡은 채로 말을 이었다.

"흥분하지 말고 내 말 들어봐. …병원에 다시 가보는 건 어때? 약 처방을…."

"너 지금 내가 정신병자라서 이런다는 거야? 네 올케가 바람피운 증거가, 그게 다 있는데, 네가 직접 보고도 그래? 눈깔이 삐었어, 강 상무?"

결국 영오는 책상 위의 물건들을 손에 잡히는 대로 한나에게 집어던지며 소리쳤다.

"나가! 여기서 꺼져! 꺼지라고!"

결국 한나는 급히 영오의 사무실을 나왔다. 비서들의 걱정스러운 눈빛이 그녀를 향했지만 못 본 척 엘리베이터로 향했다. 비서들은 이내 잔뜩 겁에 질린 표정으로 영오의 사무실 쪽으로 눈을 돌렸다.

엘리베이터가 도착해서 문이 열리자 아무도 없는 그 공간으로 한나가 들어섰다. 자신의 사무실 층 버튼을 누른 후 그녀는 공간의 중앙에 반듯하게 섰다. 엘리베이터가 움직이기 시작하자 눈빛이 흐려지며 과거 어느 순간의 기억 속으로 들어갔다.

고 1 말, 이과냐 문과냐를 선택해야 할 때였다. 공부에 관심이 없는 영오에 비해 한나는 학업 성적이 꾸준히 좋았다. 그래서 자신이 가업을 이어받을 적임자라고 생각했다. 문과로 진학한 후 대학에서 경영이나 마케팅을 공부하면 좋을 것 같았다. 하지만 아버지가 반대했다.

"계집애가 무슨 경영? 이과 가서 공장 쪽이나 맡아!"

그때까지만 해도 한나는 아직 자신의 위치를 잘 모르고 있었다. 이 집은 아버지와 오빠를 중심으로 돌아가고 그래야만 한다는 것을 모를 때였다. 한나가 아버지의 결정에 반발하자 그는 결국 폭력을 선택했다. 거실 벽에 전시해두었던 검도 연습용 목검으로 한나의 머리 꼭대기에서 발끝까지 어느 곳 하나 빠뜨리지 않고 흔적을 남겼다. 보다 못한 어머니가 한나를 몸으로 가리고 나서자 그게 아버지의 분노를 더 자극했다. 목검을 바닥에 내던졌지만 그게 끝이 아니었다. 그는 부엌에서 가져온 식칼을 들이밀며 어머니를 위협했다. 어머니의 공포가 공기를 타고 한나에게로 전달되었다. 연약한 어머니가 감당할 수 없는 두려움이었다. 한나는 어머니를 밀치고 아버지 앞으로 나섰다. 한나의 눈빛을 마주한 그는 '독한 년'이라고 외치더니 식칼을 바닥에 던지고 집을 나가버렸다. 한나는 차가운 대리석 바닥에 그대로 쓰러졌다.

그때 계단에서 처음부터 모든 걸 지켜보고 있던 영오가 안심했다는 듯 말했다.

"한나야, 괜찮아? 피자 시킬 건데 너도 먹을래? 너 좋아하는 버팔로 윙도 시켜줄게!"

자신만을 위해 시키는 음식이 아니다, 너를 위한 메뉴

도 함께 시킨다는 것을 그는 강조했다. 지금 자신의 행동이 마치 그녀를 생각해서인 것처럼.

한나는 거실 바닥에 쓰러져 있었고 어머니는 자신의 손길마저 딸을 아프게 할까 봐 제대로 부축하지도 못한 채 눈물만 흘리고 있는 상황에서였다.

한나는 바닥에 누워서 영오를 바라보며 생각했다. 끔찍하리만치 무신경하고 자기중심적인 저 천성이 언젠가 화를 부를 거라고, 꼭 그랬으면 좋겠다고 빌었다.

6

주연이 비장한 눈빛으로 자신의 집 대문을 바라봤다. 잠시 후 그녀의 시선은 어느새 담벼락 위에서 흐드러지게 만발한 능소화로 옮겨갔다. 꽃잎이 세상을 향해 펼쳐지면서 감추고 있던 진한 향을 바깥으로 퍼트리고 있었다. 주연은 잠시 눈을 감고 능소화가 뿜어내는 향을 깊이 들이마셨다. 익숙한 향. 자신이 진짜로 사랑하는 사람에게서 나는 향기였다.

주연은 다시 눈을 뜨고 숨을 '후' 하고 내뱉었다. 이제 준비가 되었다. 입가에 미소를 살짝 올린 후 대문을 향해 걸음을 내딛었다.

"야, 한주연! 당신, 당신 이게 뭐야? 뭐냐고?"

영오가 신발도 신지 않은 채 마당으로 뛰쳐나왔다. 그녀는 영문을 모르겠다는 표정으로 남편의 얼굴을 빤히 쳐다보며 되물었다. 더없이 쾌활한 말투였다.

"무슨 일 있어? 당신 왜 그러는데?"

걸음도 멈추지 않고 영오를 지나쳐 현관을 향해 계단을 올랐다. 주연을 뒤쫓아온 영오가 휴대전화 문자 메시지를 그녀의 얼굴 앞에 들이밀며 소리쳤다.

"이거! 이거 뭐야? 베스트모텔? 거기서 카드 결제를 왜 해?!"

"아, 모텔에서 긁었어? 여보, 나 카드를 잃어버렸지 뭐야. 바로 분실 신고했으니까, 너무 걱정은 마."

여전히 태연한 말투였다. 어이없는 표정을 짓는 영오를 뒤로한 채 주연은 현관에서 구두를 벗고 슬리퍼로 갈아 신으며 말을 이었다.

"결제 문자는 그거 하나 왔어? 언제 왔어? 내가 신고하기 직전에 썼나? 미안해, 여보, 내가 어디다 카드를 흘렸는지 도통 기억이 안 나네. 어머, 거실 너무 답답하게 왜 이러고 있어? 커튼 좀 걷어야겠다."

주연이 쉴 새 없이 종알거리며 거실에서 움직였다. 그녀 뒤를 따라 들어온 영오의 황당해하던 얼굴은 분노로 채워지기 시작했다. 그래서인지 주연이 평소와는 상당히 다르게 말하고 행동하고 있다는 것도 알아채지 못했다.

"가급적 흥분하게 만들어야 해. 태연한 태도로 최대한 약을 올려. 분노로 정신이 혼미해질 정도로."

주연은 계속 의미 없는 말을 중얼거리며 거실 커튼을 깔끔하게 젖혀서 묶었다. 그런 후에도 부산하게 움직여 부엌으로 향했다.

"응. 그런 건 자신 있어."

영오는 분노로 돌아버릴 지경인데 주연의 표정은 너무도 평온했다. 그의 분노가 전혀 전달되지 못하는 모양이었다.

"이 여사님이 애호박도 사다놓으셨네, 여보, 저녁은 된장찌개예요."

주연은 냉장고에서 애호박을 꺼내더니 도마에 놓고 식칼로 썰기 시작했다.

"가장 확실한 방법일 것 같긴 하지만… 네가 위험해질 수도 있는데, 정말 괜찮겠어?"

영오는 어이가 없었다. 얼마나 자신을 무시하면 고작 그 따위 변명으로 이 일을 넘기려 든단 말인가. 분명히 모텔에서 더러운 짓을 하고 실수로 카드를 긁었다가 뒤늦게 분실 신고를 했을 게 뻔했다. 영오는 분노로 피가 거꾸로 솟는 것 같았다.

"걱정 마. 그때도 칼로 위협만 했지, 찌를 엄두는 못 내는 게 빤히 보였어. 그럴 깜냥이 안 되는 인간이야, 너도 알잖아?"

한주연, 너 후회하게 될 거야! 다신 그놈을 볼 수도 없게 해주겠어! 그래, 10년 전 그때처럼 벌벌 떠는 네 모습을 확인시켜주겠어!

영오는 주연에게 다가가 그녀의 손에 있던 식칼을 낚

아챘다. 예전의 그때처럼 칼을 쥐었다. 주연은 그제야 크게 놀란 듯 비명을 질렀다. 그에게 진정하라고 애원했지만 영오는 아무것도 들리지 않는 듯했다. 그저 그 칼을 휘둘러서 주연이 겁을 먹고 다시는 자신을 거부하거나, 자신이 애정을 갈구해야 하는 상황을 없애야겠다는 생각에만 사로잡혀 있었다.

"위협이 시작되면 반드시 그쪽으로 와야 해. 네가 목숨을 위협받았다는 걸 확실하게 사람들에게 보여줘야 해."

주연은 영오를 피해 거실로 뒷걸음질 쳤지만 이내 마당이 내다보이는 커다란 창에 등이 닿자 더 이상 피할 곳이 없어졌다. 주연은 그 자리에 무릎을 꿇고 앉아서 두 손을 모아 남편에게 빌었다. 눈물을 흘리며 울부짖었다.

영오의 입가에 만족스러운 웃음이 떠올랐다. 역시 힘이었다. 아버지가 그랬던 것처럼, 여자들을 무너뜨리는 건 약간의 폭력과 협박이면 되는 거였다. 영오는 그런 깨달음을 준 아버지에게 고마워하며 오른손에 쥐고 있던 식칼을 더 세게 움켜쥐었다. 주연의 머리 위로 한 번 더 치켜들어 마지막 경고를 할 참이었다.

그때 갑자기 누군가가 그의 팔을 거세게 붙잡았다. 한 명이 아니었다. 경찰복을 입은 젊은 남자 세 명이 영오에게서 칼을 빼앗고 그를 바닥에 엎드리게 해 제압했다.

"뭐, 뭐야?! 너희들 뭐야!"

영오가 바닥에 엎드린 채 영문을 몰라 소리치다가 주연에게 뛰어오는 한나를 발견했다.

"강 상무? 뭐 어떻게 된 거야, 이 사람들은 뭐야?"

한나는 영오를 안타까운 눈길로 슬쩍 본 후 주연을 부축해 일으켜 세웠다. 주연은 몸을 부들부들 떨며 한나가 이끄는 대로 소파 쪽으로 움직였다.

"뭐냐고! 도대체 뭐 하자는 거야?"

영오를 붙들고 있던 경찰관들이 그의 몸을 일으켜 세워 바닥에 무릎을 꿇리자, 한나와 함께 거실에 들어섰던 여성 경찰관이 그에게 다가가 말했다.

"가정폭력 신고를 받고 왔습니다. 피의자 분이 아내 분께 칼을 휘두르려는 것을 저희가 직접 목격했고…."

"아니, 이봐, 아니야! 나한테, 나한테 증거가 있어! 와이프가 바람피운 증거를 잡았는데 그걸 부인하니까, 잠깐 겁만 줬던 거라고! 그런 것뿐이라고!"

"일단 서에 가서 얘기하시죠."

여성 경찰관의 눈짓에 영오를 붙들고 있던 경찰관들이 그를 일으켜 세워 현관 쪽으로 끌고 나가려 했다. 영오는 자리에서 최대한 버텨내며 다시 소리쳤다.

"갈게, 내 발로 간다고! 근데, 그전에 하나만! 하나만 확인하게 해줘!"

영오는 거실 소파에서 주연을 달래고 있던 한나에게로 시선을 돌리며 외쳤다.

"강한나! 너도 뭔지 알잖아! 그걸 보고도 저년이 뭐라고 변명하나 들어나 보게! 어?"

영오의 양팔을 잡은 경찰관들은 그의 말을 무시한 채 끌고 가려고 했다. 하지만 한나가 주연을 소파에 둔 채 재빨리 영오 앞으로 달려와 현장을 지휘하던 경찰관에게 말했다.

"문 경장님, 죄송하지만, 오빠가 얘기하는 걸 확인해봐도 될까요?"

한나의 말에 영오를 잡고 있던 경찰관들이 동작을 멈췄다. 잠시 고민하던 문 경장은 영오 앞으로 나서며 그와 눈을 맞추며 말했다.

"…한 가지만입니다?"

영오는 간절하게 고개를 마구 끄덕였다. 그것만 보여

준다면 경찰들도 이해할 거라고 생각했다. 한나도 주연의 연기에 깜빡 속아서 잠시 잊은 모양이지만 곧 깨닫게 될 거라고 여겼다. 영오는 한나와 눈이 마주치자 씩 웃어 보였다. 한나도 그에게 힘겹게 미소를 지어 보였다.

영오는 2층 서재에 있는 자신의 노트북을 가져다 달라고 했다. 경찰관 중 한 명이 바로 노트북을 가져와 문 경장에게 건넸다. 그녀는 노트북을 켜서 영오에게 내밀며 말했다.

"잠시 놔드릴 겁니다. 조금이라도 허튼 짓을 하시거나 난동을 피우시면 현관에서 대기 중인 간호사들을 불러 진정제를 투여하겠습니다. 아셨죠?"

영오의 양팔을 붙잡고 있던 경찰관들이 조심스럽게 그의 몸에서 손을 뗐다. 영오는 붙잡혔던 자신의 팔을 주무르며 알았다고 답하곤 노트북을 받아들었다. 터치패드를 조작하며 다시 의기양양하게 큰 소리를 치기 시작했다.

"여기에 다 증거가 있다고! 주연이, 저게, 기생오라비 같은 놈이랑 놀아난 증거! 내가 칼을 든 것도 다 저년이 거짓말을 자꾸 하니까… 한나, 너는 뭐 하러 사진을 쓸데없이 고해상도로 찍어서 귀찮게… 이제야 압축이 다 풀렸네! 자, 경장이라고 했나? 자네가 제일 높아? 여기 이

폴더 좀 봐봐!"

영오가 폴더를 연 채로 노트북을 다시 문 경장에게 넘겼다. 사진 파일이 200여 장 넘게 있었다. 문 경장은 작게 한숨을 내쉬며 한나를 돌아봤다.

"이렇게 많은데 지금 여기서 확인을 하는 게…."

"아, 보기 형식을 바꿔서 큰 아이콘으로 보면 얼추 훑을 수 있습니다!"

노트북을 가져왔던 경찰관이 문 경장 옆으로 가서 터치패드로 몇 가지 조작을 했다. 곧바로 폴더의 파일을 나타내던 아이콘들이 큰 썸네일로 바뀌었다. 문 경장은 짧게 부하 직원을 치하한 후 곧바로 빠르게 이미지들을 확인했다. 한나도 옆에서 같은 화면을 바라보고 있었다.

그런 두 사람의 얼굴을 번갈아 쳐다보며 영오는 회심의 미소를 지었다. 이제 주연은 평생 자신을 하늘처럼 모시며 살아가게 될 거라고, 이 게임은 자신이 이겼다고 생각했다.

잠시 후 모니터에서 눈을 뗀 문 경장이 의심스러운 눈초리로 영오를 바라봤다.

"…뭐, 뭐요?"

영오는 뭔가 잘못됐다는 것을 느끼고 문 경장에게 물

었다. 그녀는 노트북을 다시 영오에게 넘겨주며 단호하게 얘기했다.

"지금 사모님을 스토킹 하신 걸 시인하시는 겁니까? 사모님을 몰래 찍은 사진들뿐인데요? 말씀하신 불륜 상대는 어느 사진에도 없습니다. 주장하신 내용들은 모두 거짓이고, 배우자에게 폭행을 가하는 모습도 현장에서 확인…."

문 경장은 계속 뭔가를 이야기했지만 영오의 귀엔 아무것도 들어오지 않았다. 노트북의 이미지 뷰어에서 사진을 빠르게 하나씩 넘기며 자신이 기억하는 그 사진을 찾느라 정신이 없었다. 분명히 확인했던 카페 데이트 장면이 왜 흔적도 없이 사라진 건지, 이해할 수 없었다.

"이럴 순 없어! 이게, 이게 대체 어떻게 된 거야?! 분명히, 분명히 있었다고! 강 상무, 네가 나한테 보여줬던 사진에 있었잖아?!"

영오가 화를 이기지 못하고 노트북을 바닥에 내던지려 하는 것을 옆에 있던 경찰관이 제지했다. 동시에 다른 두 명의 경찰관은 반사적으로 영오를 양쪽에서 붙들었다.

한나는 영오를 슬픈 눈으로 바라보며 천천히 말했다.

"오빠, 그게 무슨 말이야…. 내가 오빠한테 보여준 게

이 사진들이었잖아. 주연일 몰래 따라다녔는데도 증거를 못 찾아서."

"…뭐? 너, 너…!"

영오는 충격으로 말을 잇지 못했다. 그러나 이내 뭔가를 깨달은 듯 발악하기 시작했다.

"야, 강한나! 너, 너 뭐 하려는 거야! 미쳤어? 네가 감히 어떻게!"

더 크게 몸부림치는 영오를 보고 문 경장이 재빨리 눈짓을 하자, 그를 붙잡고 있던 경찰관 중 한 명이 그의 손목에 수갑을 채웠다. 하지만 영오는 여전히 몸을 비틀어 소파에 앉아 있던 주연을 턱으로 가리키며 한나를 향해 소리 질렀다.

"주연이가, 저 년이 뭘 해주기로 한 거야? 돈이야? 야, 이. 씨팔, 미친년들아!"

영오의 몸부림이 더 거세졌다. 그 모습에 다급해진 문 경장이 한나에게 물었다.

"신고 때 말씀하신 것처럼 응급입원으로 진행하시겠습니까?"

"네, 네, 아무래도 그래야 할 것 같아요. 저와 올케언니가 보호자니까, 병원으로 호송만 해주시면…."

"야, 이씨! 저게 누구보고 미쳤다고…!"

둘의 대화를 들은 영오가 한나를 향해 발길질을 해대며 다시 욕을 쏟아내기 시작했다.

"아아악!"

영오의 발악이 심해지자 주연이 무서운 듯 비명을 질렀다. 한나가 걱정스럽게 주연을 한번 보곤 긴박한 말투로 문 경장에게 말했다.

"사실 오빠는 전에도 의처증으로 약물 치료를 받은 적이 있어요. 지금보다 더 폭력적으로 변할 수도 있으니까, 조치를 미리 취해주시는 게…."

문 경장은 알겠다는 듯 고개를 끄덕였다. 그러곤 현관에서 대기 중이던 남자 간호사 두 명에게 빨리 들어오라는 손짓을 했다. 간호사들은 즉시 들고 있던 구급상자를 가지고 영오에게 다가갔다. 영오를 붙잡고 있던 경찰관들이 그의 무릎을 꺾어 바닥에 꿇렸다.

"뭐야, 너희들까지? 아직도 모르겠어? 저 두 년이 작당한 거라고! 미친 건 저 계집년드…."

영오는 몸을 흔들며 주사를 피하려고 해봤지만 허사였다. 마지막 말도 끝내지 못한 채 그의 머리가 바닥으로 축 늘어졌다.

한나는 자신의 발끝에서 영오의 몸이 거실 바닥으로 녹듯이 스러지는 모습을 가만히 지켜보며 서 있었다. 입가에 엷은 미소가 찰나에 나타났다 사라졌다.

7

한나의 마당은 영오의 것만큼 크진 않았지만 잘 정돈되어 있었다. 능소화 넝쿨이 높은 담장 전체를 가득 타고 자태를 뽐낼 준비를 하고 있었다. 하지만 한나의 능소화는 영오의 것과 달리 마당 안에 있는 사람들을 위한 것이었다. 꽃들이 얼굴을 담 안쪽으로 향한 채 피어날 채비를 하고 있었다.

봄 햇살이 쏟아지는 마당 중앙엔 그늘막을 갖춘 2인용 선베드에 두 사람이 누워 있었다.

한나는 반듯하게 누운 자세로 한 손엔 좋아하는 소설책을 들고, 다른 한 손으론 자신의 배 위에 머리를 얹고 봄바람을 즐기는 사람의 머릿결을 매만지고 있었다.

"아."

주연이 자세를 바꾸려 몸을 움직이다가 작은 신음 소

리를 냈다.

"왜? 어디 아파?"

한나가 깜짝 놀라 일어나 앉으며 주연의 안색을 살폈다. 주연은 조금 망설이다가 자신의 왼쪽 어깨를 가리고 있던 옷을 살짝 젖혀 보여주었다.

한나가 인상을 찌푸리며 속상한 목소리로 물었다.

"뭐야, 여기에 왜 멍이 들었어?"

"…효남이 기억나? 걜 우연히 만났거든."

아무렇지 않게 이야기를 시작하는 주연을 바라보는 한나의 눈초리가 매서워졌다. 주연이 코웃음을 터트리곤 눈을 맞추며 장난스럽게 얘기했다.

"걔랑은 아무 일 없었어! 그런 도끼눈으로 쳐다보실 일 없었습니다!"

한나가 입술을 삐죽거렸다. 주연은 나이와 상관없이 여전히 사랑스러운 자신의 연인을 바라보다가 말을 이었다.

"근데 걔가 날 데려다주는 걸 네 오빠가 봤어. 그것 때문에 또 꼬치꼬치 캐묻는데… 그때 어깨를 너무 세게 잡혔나 봐. 이 여사 같은 사람들은 네 오빠가 날 너무 사랑해서 그런 거라고 하는데, 아냐. 그건 그냥 소유욕이고 정신병이야. …언제쯤에나 끝이 날까."

주연이 한탄하며 한나의 발을 바라보는 쪽으로 다시 머리를 뉘었다. 멍이 든 주연의 어깨에 한나가 조용히 입술을 가져다 댔다. 그렇게 한참을 있던 한나는 결연한 표정으로 입술을 뗐다. 손끝으로 주연의 턱을 조심스레 끌어 그녀의 얼굴이 자신과 마주 보게 한 후 말했다.

"…우리 그걸 기회로 만들어보자. 나한테 좋은 생각이 있어."

"괜찮아…? 안 무서웠어?"

앰뷸런스가 출발하는 모습을 거실 창가에서 확인한 후 한나가 애틋하게 주연을 바라보며 물었다. 주연은 한나에게 몸을 기댄 채 시선을 맞추며 답했다.

"전혀. 내가 위험해지기 전에 네가 올 거라는 거 알았으니까."

주연은 한나를 마주 보며 한결 편안해진 미소를 보냈다. 한나도 사랑을 담은 눈빛으로 그녀에게 화답했다.

한나는 멀어지는 앰뷸런스의 사이렌 소리를 들으며 묘한 쾌감이 깊은 곳에서부터 차오르는 것을 느꼈다. 이 일로 영오는 의처증보다 심각한 단계의 정신병을 진단받게 될 것이다. 회사는 새로운 경영자가 필요해질 테고, 이사회가 추대할 인물은 한나밖에 없었다.

주연도 자신의 곁에 온전히 있게 됐다. 이젠 더 이상 둘 사이를 방해할 사람도 없었다.

아버지와의 싸움에서도, 오빠와의 싸움에서도, 한나가 이겼다.

"음. 〈캐리비안의 해적〉이란 영화를 보면 말이야,
어떤 나쁜 괴물이 여자한테 버림받고 자기 심장을 도려내서
망자의 함에 넣어버려. 그리고 그걸 아무도 못 찾는 곳에다 꽁꽁 숨겨.
다시는 상처받지 않으려고. 이건… 내 망자의 함이야."

망자의 함

사마란

후텁지근한 초여름의 밤이다. 제일 좋아하는 와인 두 병을 들고 집으로 돌아가는 퇴근길은 그 어느 때보다 발걸음이 가벼웠다. 미친 듯이 일에 매달렸던 8년. 단 한 번도 제대로 챙기지 못한 휴가가 드디어, 마침내 내게 허락됐다. 누구도 내 휴가를 막은 적이 없다. 매번 스스로 반납했을 뿐이다. 아직도 만족할 수는 없지만 한 달 전 건강 검진에서 의사가 으름장을 놓았다. 고혈압과 당뇨가 경계 수치라며 운동과 충분한 휴식을 하지 않으면 아직 40대도 아닌데 약에 의존해 살게 될지도 모른다고. 나는 아직 할 일이 많으므로 앞으로도 쭉 건강해야겠기에 고삐를 아주 조금 느슨하게 잡고 살기로 했다. 일단은 집에 가서 여유롭게 와인을 마시고, 스물네 시간 정도는 잘 생각이다.

"으아악!"

문을 열고 마주한 광경을 믿을 수가 없다. 혹시 헛것을 보고 있나 눈을 비벼봤지만 헛것이 아니다. 거실 소파에 무언가가 웅크리고 누워 있었다.

"누… 누구냐, 넌?"

낯선 것이 소파에서 천천히 몸을 일으켰다. 나는 손에 쥐고 있던 봉지에서 와인 병을 찾아 손에 단단히 쥐었다. 여차하면 내리칠 기세로.

몸을 일으킨 건 예닐곱 살쯤 되어 보이는 어린애였다. 잠이 덜 깬 듯 눈을 비비는 아이는 늘어지게 하품까지 했다. 어린아이라 긴장은 조금 풀렸지만 어이가 없었다.

"너 누구야? 여긴 어떻게 들어왔어?"

아이는 굼뜨게 가방 지퍼를 열고 뒤적이더니 꼬질꼬질하게 접힌 종이 한 장을 내밀었다. 별로 만지고 싶지 않지만 낚아채듯 종이를 받아 펼쳐보았다.

며칠만 이 아이를 좀 돌봐줘. 3일 후에 데리러 갈게.

–우진

"이게 뭐니?"

"어떤 사람이 이 종이 주면서 여기 찾아가서 며칠만 있으라고 했어요. 그럼 데리러 오겠다고. 엄마 아빠를 찾아주겠다고요."

"뭐? 그 사람이 누군데?"

아이는 대답 대신 고개를 가로저었다. 환장할 노릇이었다. 우진이라는 사람이 누군지도 쉽게 떠오르지 않았다. 아이가 잘못 찾아왔다고 확신할 즈음 아이의 얼굴을 바라보다 문득 떠올랐다. 아주 오래전 나와 연애라는 걸 했던 남자. 그의 이름이 우진이었다. 아이의 눈매나 동그란 이마가 그 남자를 닮았다. 몇 년 동안 어디에서 뭘 하고 사는지, 죽었는지 살았는지 소식 한 줄 못 들은 그 남자가 나에게 이 아이를 보냈다니, 이건 미친 소리였다. 그나저나 제일 이해가 안 되는 것이 생각났다.

"그건 그렇다 치고. 너 여긴 어떻게 들어온 거야?"

"두드려도 아무 대답이 없어서 열어보니까 문이 열려 있었어요. 그래서 누가 올 때까지 기다리다가 너무 졸려서 잠이 들었어요."

"열려 있었다고?"

말이 안 되는 이야기다. 나는 강박적으로 도어락이 잠

겼는지 확인하는 습관이 있다. 바퀴벌레가 그득한 반지하방에 월세 살던 시절, 깜빡하고 문을 잠그지 않고 출근했다가 널어놓은 빨래 중 속옷만 홀랑 도둑맞은 후로 생긴 습관이다. 오늘 아침에도 분명히 문이 제대로 잠겼는지 확인하고 출근했다. 아이가 거짓말을 하거나 도어락이 고장 났거나 둘 중 하나다. 당장 수리 기사를 부르고 싶지만 지금은 이 아이를 내 공간에서 사라지게 만드는 것이 중요하다.

경찰은 눈 깜짝할 사이에 도착했다. 중년의 남자와 조금 더 젊은 여자 경찰이었다.

"이름이 뭐니?"

여경이 아이의 눈높이에 맞게 한쪽 무릎을 꿇고 앉아 물었다.

"복동이요."

다들 뜨악한 표정을 지었다. 요즘에도 저런 이름을 짓는 사람이 있다니. 여경은 당황하는 기색을 감추고 계속 물었다.

"성은?"

"성이 뭐예요?"

"김복동, 이복동, 최복동 이렇게 이름 앞에 붙이는 거

있잖아. 너는 무슨 복동이야?"

아이는 잠시 멍하니 나를 바라보았다. 나는 얼른 말하라는 듯 눈을 부릅떴다.

"몰라요. 그냥 복동이에요."

"그럼 이 종이는 누가 준 거야?"

"어떤 아저씨가 이거 주면서 여기에 가 있으면 엄마랑 아빠가 찾으러 올 거라고 했어요. 그래서 사람들한테 물어봤더니 지하철 타고 가면 된다고 해서 지하철 타고 왔어요."

아이는 엄마 아빠와 함께 살았지만 그곳이 어디인지는 모른다고 했다. 유행가 가사도 아니고 성도 몰라 집주소도 몰라 부모님 이름도 몰라, 아는 것이라곤 복동이라는 촌스러운 이름뿐이었다. 너무 천진난만한 얼굴이어서 차마 거짓말이라고 생각할 수가 없었다. 경찰은 이름이 독특해서 성을 몰라도 찾기 쉬울 것 같지만 반대로 어린 시절 태명이나 집에서 부르는 별명이라면 아이의 신원을 파악하기 힘들 것이라고 했다. 그러거나 말거나 나는 내 집에서 이 아이가 사라져주기만 하면 된다. 얼른 이 사람들을 치우고 원래 계획했던 여유로운 휴가를 누리고 싶다. 훠이. 얼른 물러가라.

"아이 신원을 알게 되면 연락드리겠습니다. 그리고 아까 말씀하셨던 이우진 씨 행방도 찾아보긴 하겠지만 친구들에게 연락해보시는 게 더 빠를지도 모르겠네요."

경찰이 아이에게 가자고 말했다. 아이는 주섬주섬 가방을 챙겼다.

"저… 그럼 저 아이는 어디로 가게 되나요?"

"오늘은 밤이라 시설에 보내기도 힘들어요. 일단 경찰서에서 하룻밤 데리고 있어야죠, 뭐. 아직 날도 춥고 경찰서가 아이들이 지내기에 참 그런 곳인데. 밤마다 취객들이 난동을 피우기도 하고 밤새 시끄러운 곳이라…."

중년의 남자 경찰은 긴 너스레를 떨며 여운을 남겼다. 흔적조차 희미한 죄책감이란 것이 들썩였다. 무표정하게 발끝을 내려다보는 아이가 '너는 인간도 아냐. 냉혈한!'이라고 말하고 있는 것만 같다. 만약 아이가 울고불고 떼를 썼더라면 진저리치며 얼른 등 떠밀어 보냈을 것이다.

"아이고, 참 잘 생각하셨어요. 나중에 아, 내가 참 잘했구나 하게 될 거예요. 틀림없이."

이런 같잖은 말을 남긴 채 경찰들은 떠나고 아이는 남았다. 금세 후회가 밀려왔다. 하지만 이미 버스는 떠났다.

"씻고 깨끗한 옷으로 갈아입어. 그리고 소파에서 자면 돼. 텔레비전 소리는 절대 내 방문을 넘지 않게 해. 알았지?"

"고맙습니다."

아이는 빙긋이 웃으며 씻으러 들어갔다. 뭔가 내가 당한 것 같은 기분이 든다. 아이는 야무지게 이를 닦고 가방에서 새 옷을 꺼내 갈아입었다. 텔레비전이나 보라고 리모컨을 던져주고 침대에 풀썩 누웠다. 머릿속이 실타래처럼 엉켜 생각이란 걸 할 수 없었다. 취기에 기대 얼른 잠이라도 자야겠다 싶어 와인을 땄다. 책을 펼쳤지만 글자가 눈에 들어오지 않았다. 책을 집어던지고 휴대전화로 유튜브를 뒤적였다. 화면의 그림은 뇌에 각인되지 않았다. 자꾸만, 옛 생각이 떠올라 감정만 어지럽혔다. 잊으려 했던, 잊은 줄 알았던 기억들이 지하방 바퀴벌레처럼 끈질기게 살아남아 기어 나왔다. 마지막 그 차가운 말이 다시 비수가 되어 생채기를 내었다. 저밖에 모르는 나쁜 년. 그의 입에서 처음이자 마지막으로 들은 욕이었다. 그렇다. 나는 지독히도 이기적으로 살아왔다. 쉼 없이 달려 지금 이 자리에 오기까지 절대 뒤돌아보지 않았는데 이게 무슨 날벼락인가 말이다.

똑똑.

방문을 두드리는 소리에 화들짝 현실로 돌아왔다. 문을 여니 아이가 문 앞에 서 있었다.

"왜!"

나도 모르게 신경질을 냈다. 아이는 우물쭈물 기어들어가는 목소리로 말을 했는데, 잘 들리지 않았다.

"뭐라는 거야. 똑바로 말해."

"배고파요."

잔뜩 겁을 먹은 표정이었다. 시계를 보니 10시가 넘어 있었다. 언제부터 있었는지는 모르지만 배고픔을 참고 참다가 말했을 터였다.

"아. 내가 입맛이 없어서 생각을 못했네. 뭐 먹을래?"

"된장찌개요."

"이 시간에 배달되는 한식집 없어. 피자 시킬게."

"저는 피자보다 된장찌개 좋아하는데."

아이의 얼굴에 조금 실망하는 표정이 스쳤다.

배달된 피자와 함께 나는 와인을 마셨다. 아이는 제 접시에 놓인 피자를 잠시 바라보더니 올리브를 골라내기 시작했다.

"뭐해?"

"까만 거 골라내요. 이건 꼭, 타이어 씹는 냄새가 나요."

나는 피식 웃었다. 타이어 씹는 냄새란 표현이 재미있었다.

"나도 그거 싫어해. 나이 들어도 영 적응 안 되더라."

와인의 취기가 알딸딸하게 올라왔다. 일단 자고 일어나서 생각하자. 그래, 곧 우진이가 데리러 오든, 경찰이 신원을 찾아 데려가든 하겠지. 그때까지만 서로 영역을 침범하지 않고 공생하면 되는 거다.

기분 나쁜 꿈을 꾸었다. 꿈을 지우려는 듯 머리를 거칠게 흔들고 거실에 나가보니 꿈이 아니었다. 내 집에 아이 하나가 소파를 놔두고 바닥에 웅크린 채 자고 있었다. 갑자기 머리가 지끈 아파온다.

단골 커피숍에서 커피를 사들고 돌아오니 아이가 부스스한 머리로 배꼽인사를 했다. 어쩌다 우리 집까지 온 건지는 알 수 없지만 예의 바르게 잘 자란 아이구나 싶었다. 하지만 자고 일어난 이불은 바닥에 널브러져 있었다. 나는 이불을 개어 소파 위에 놓으며 잔소리를 했다.

"아침에 일어나면 이불부터 잘 개서 소파 위에 얹어놔. 내가 네 엄마도 아니고 이런 것까지 뒤치다꺼리 할 수는 없잖니? 아참, 세수는?"

아이는 등 떠밀려 화장실로 들어갔다. 보모도 아니고 이게 뭔가 싶은 심정에 한숨이 나왔다.

"배고파요."

이 아이는 삼시세끼 꼬박꼬박 배고픈 아이였다. 집에 있는 거라곤 어젯밤 아이가 먹다 남긴 피자 테두리와 냉동실에 굴러다니는 꽁꽁 언 식빵 조각뿐이었다. 식빵을 토스트기에 넣은 후 여기저기 뒤지니 언제 넣어놨는지 모를 일회용 딸기잼이 나왔다. 아이는 내가 내민 빵과 커피를 물끄러미 바라보다 후후 불더니 조용히 먹기 시작했다.

아이가 이런 거 안 먹는다고 다른 걸 달라고 떼를 썼다면 죄책감이 조금 덜했을까. 분명 오갈 곳 없는 아이를 맡아주고 있는 중인데 왜 내가 나쁜 마녀 같은 느낌이 들어야 하는 건지 모르겠다.

밥이야 배달 음식으로 먹는다지만 우유라도 사다 놓아야 할 것 같았다. 집에 휴지도, 물도 떨어졌고 휴가 동안 필요한 것도 많았기에 대형 마트에 갔다. 아이는 어떻게 해야 하나 고민하다 마지못해 데리고 갔다. 내가 없는 사이 아이 혼자 있는 집에서 무슨 일이 생길지 몰라 불안했기 때문이다.

불편하기 짝이 없는 동행이었다. 주말이라 대형 마트는 북새통이었다. 냉장 코너에서 주스 하나, 우유 하나를 카트에 넣고 휴지를 찾으러 가는 그 짧은 길이 험난하기 이를 데 없었다. 카트와 사람들 사이를 헤집고 가느라 정신없을 때 누군가 내 어깨를 잡았다.

"아이고, 아줌마!"

"예?"

갑자기 어깨를 잡혀 놀랐고 아줌마라는 말에 발끈했다. '저 아줌마 아니거든요'라고 말하려 했지만 내 어깨를 잡은 중년 아줌마의 따발총 같은 말이 더 빨랐다.

"아니, 무슨 엄마가 애는 기를 쓰고 쫓아가려고 하는데 저 혼자 가기 바빠? 그러다 아들 잃어버리겠어!"

나는 멍하니 입을 벌리고 그 여자를 바라보았다. 여자의 속사포 같은 말이 계속 쏟아졌다.

"아이가 아까부터 쫓아다니는 거 불안해 보여서 내가 계속 보다 보니까 저 뒤로 처져서는 울먹울먹하는 것도 모르고 혼자만… 사람이 이렇게 많은데 카트에 태우든가 손을 잡고 다니던가 해야지, 애기 엄마!"

오지랖이 조선팔도를 쌀 것 같은 그 여자가 내 손에 아이의 손을 쥐어주더니 혀를 끌끌 차며 사라졌다. 나는 황망히 여자를 바라보다 화들짝 놀라 아이의 손을 놓았다. 갑자기 당한 일에 아무 말도 못한 것이 분했지만 모르는 여자에게 이 아이는 내 아이가 아니라 백 년 전에 헤어진 남자 친구가 별안간에 맡겨놓은 아이이고, 이 아이의 부모가 누구인지, 그리고 언제 데리러 온다는 건지도 몰라서 나도 미치고 환장하겠다고 구구절절 설명할 수도 없는 노릇이긴 했다. 아이에게 카트 한쪽을 잡고 따라오라고 말했다. 사람들 틈을 뚫고 휴지와 생수만 얼른 담아서 집으로 돌아왔다. 만신창이가 된 기분이다.

잠깐의 쇼핑인데 지칠 대로 지쳐 침대에 누워 있다가 벌떡 일어나 휴대전화를 찾았다. 기다리느니 찾아 나서야겠다. 오래 연락하지 않아 거의 남지 않은 대학 동창들의 전화번호를 뒤졌다. 대부분 내가 연락처를 지우거나 상대방이 전화번호를 바꾸거나 했는데 희수는 그 번호 그대로 쓰고 있었다. 프로필에 대문짝만 하게 어플로 보정한 사진을 올려놨기 때문에 쉽게 알 수 있었다. 학창 시절엔 공주병이라 별로 안 좋아했는데 오늘은 그 공주병이 고맙기 짝이 없었다.

전화를 할까 했지만 바쁠 수도 있으니 문자를 보내고

답이 올 때까지 초조하게 기다렸다. 정말 바쁜 건지 못 본 척하는 건지 애가 닳을 무렵에야 답장이 왔다. 시간이 괜찮은지 물어보고 통화를 했다.

—우진이? 나는 걔랑 별로 안 친해서. 졸업한 후로는 동창회에서 한두 번 본 게 전부야. 장우가 친했으니까 걔한테 물어보면 알려나? 단톡에서 한번 물어볼까?

"단톡? 단톡이 있어?"

—응. 연락되는 애들 몇 명 모여서 가끔 안부도 묻고 만나서 술도 한잔하고 그러지. 너는 그동안 동창회에 거의 안 나왔잖아. 우린 자주는 못 보지만 꾸준히 만나고 있어.

정신없이 앞만 보고 달리느라 동창을 만날 여유도, 생각할 여유도 없었다. 그 당시 우리 집은 부모님이 하던 가게가 망했고 동생은 아직 대학생이라 내가 가장의 무게를 견뎌야 했다. 운 좋게 빨리 취직을 한 나는 동창회에 나오라는 연락을 몇 번 받았지만 그 친구들에게서 별로 얻을 게 없다고 생각했다. 정말 코피가 터져가면서 일을 했고 그 덕에 인정도 받았다. 그런데도 나를 빼고 모두들 계속 만나고 있었다는 생각에 마음 한구석이 서글프고 서운한 기분이 든다. 내가 생각해도 참 웃기는 노릇이다.

희수에게 장우의 연락처를 받았다. 졸업 후 한 번도 연락한 적 없는 내가 갑자기 전화를 해서 우진이를 찾으면 얼마나 어이가 없을까 싶어 전화기를 몇 번이나 들었다 놨다 했다. 하지만 지금 더 어이가 없는 건 나라는 심정으로 전화를 걸어 만날 약속을 잡았다. 아이를 데리고 갈까 했지만 어떤 상황이 벌어질지 몰라 그냥 혼자 나갔다. 절대 아무에게도 문을 열어주면 안 된다고 신신당부를 하고 약속 장소로 향했다.

"야… 졸업하고 처음이지?"

장우는 반가운 얼굴로 인사했다. 학생일 때 뚱뚱하던 몸은 살이 빠져 보기 좋았고 바보 같았던 뿔테안경을 금테안경으로 바꾸니 제법 샤프한 직장인으로 보였다.

"어… 그래. 반갑네. 그동안 몰라보게 잘생겨졌는걸?"

"아휴, 말도 마라. 직장생활이 얼마나 빡세던지 군대에서도 안 빠지던 살이 입사 3개월 만에 저절로 빠지더라. 보기 좋아졌는지는 모르겠지만 속은 썩어가고 있어."

시시껄렁한 이야기를 몇 마디 나누다 보니 금세 대화가 바닥을 드러냈다. 아이를 혼자 두고 나와 시간도 별로 없던 터라 그냥 직구를 날릴 수밖에 없었다.

"혹시, 우진이 연락돼?"

장우의 얼굴에 당혹감이 스쳐가는 것이 보였다. 대학교 CC였던 우리가 어떻게 헤어졌는지, 그래서 우진이가 얼마나 방황했는지 바로 옆에서 지켜보았을 장우였다. 군대 갔다 온 남자 친구들보다 2, 3년 먼저 졸업한 내가 좋은 직장에 취직하자마자 우진이를 차버렸다는 소문이 학교에 떠돌았을 것이다. 친했던 여자 친구들도 나를 손가락질하며 연락을 끊어버린 경우도 있었다. 변명도 못 하고 시간 속에 묻어버린 과거를 헤집고 다니는 기분이 들었다.

"어… 우진이? 가끔 연락은 하지. 못 본 지는 좀 됐어. 근데 왜?"

"우진이 전화번호 좀 알려줄래?"

"전화? 전화번호는 모르는데. 팔라우에 간 지 몇 년 됐어. 거기 통신이 워낙 안 좋아서 아주 가끔 이메일이나 메신저로만 안부 주고받는데. 무슨 일이야?"

나는 최대한 흥분하지 않으려고 애쓰면서 아이의 이야기를 했다. 믿을 수 없어 하는 장우에게 아이가 들고 온 쪽지와 휴대전화로 찍어온 아이의 사진을 보여주었다.

"그, 그래 뭐 네 말대로 어떻게 보면 우진이랑 좀 닮은 것도 같지만… 그동안 우진이가 결혼을 했다거나 아이가 있다거나 하는 말은 한 적이 없는걸? 걔 외동아들이라 조카가 있을 거 같지도 않고. 최근에 연락한 게 한 달 전인가."

장우는 휴대전화를 한참 뒤져 우진의 SNS를 보여주었다. 검게 그을린 피부에 하얀 치아를 드러내고 환하게 웃고 있는 사진이었다. 뒤로는 푸르른 바다가 그림처럼 펼쳐져 있었다. 얼굴만 많이 그을렸을 뿐 때 묻지 않은 미소는 그대로였다. 심장이 쿵 하고 바닥으로 떨어졌다.

"간 지 한 3년 됐나? 말이 나와서 하는 말인데 너랑 헤어지고 우진이 거의 폐인처럼 살았어. 그러더니 이제 이 나라에 미련 없다면서 훌쩍 가버리더라."

당장 팔라우까지 날아갈 수도 없고 편지를 보낸들 언제 도착할지 모르는 일이었다. 넋 놓고 경찰이 한시라도 빨리 아이의 신원을 파악해 데리고 가기만을 기다려야 하나 생각하니 마시고 있는 커피가 얹히는 것 같았다. 장우에게 우진의 팔라우 주소를 받아 집으로 돌아오는 길, 나는 거리를 한참 걸었다. 잔잔한 호수에 돌 하나가 떨어지고 수면은 일파만파, 바닥은 흙탕물이었다. 꺼내고 싶지 않은 기억들이 하나씩 깨어났다. 모든 게 다, 엉망이다.

집에 돌아오니 아이는 소파 밑에 웅크린 채 잠들어 있었다. 왜 자꾸 맨바닥에서 저러고 자는지 알 수가 없었다. 나는 식탁에 앉아 진한 커피를 마시며 휴대전화 속 사진들을 들여다보았다. 거기에는 정말 행복해 보이는 우진의 모습이 가득했다. 탄탄한 구릿빛 피부와 반짝이는 눈, 새하얀 이를 드러내며 웃는 미소, 그가 살고 있는 듯한 조잡하고 불편해 보이는 생활공간과 그곳에서 같이 부대끼며 살아가는 주변 사람들. 사진은 많지 않지만 행복하게 잘살고 있는 것 같았다. 휴대전화를 식탁에 내려놓고 의자에 등을 기대어 천장을 바라보았다. 그의 사진 아래로 간간이 나도 아는 동창들의 이름이 보였다. 만든 지 3년이 넘은 지금까지 방문자 수가 세 자리를 넘지 못한 내 계정으로 로그인했다. 망설이고 또 망설이고 망설이다 결국 휴대전화를 조용히 내려놓았다.

아이는 영민하고 눈치가 빨랐다. 저를 예뻐하지 않는 나에게 괜히 치대봤자 득이 될 것이 없다는 걸 빠르게 깨달았다. 내가 큰맘 먹고 거실의 텔레비전을 양보했으므로 아이는 텔레비전과 함께 하루를 보냈다. 아이가 침대 밑에 웅크리고 잠들면 이불을 덮어주는 정도의 친밀함도 생겼다. 하루에 두어 번 경찰은 전화를 걸어 아이가 잘 지내는지 물었다. 안타깝게도 아이의 신원은 아직 오리무중이고 팔라우는 너무 멀고 통신 여건이 좋지 않아 이우진과는 연락이 닿지 않고 있다는 속 터지는 소식도 매번 똑같이 알려주었다. 아이와의 동거가 익숙해짐과 동시에 이대로 영원히 지속될지도 모른다는 공포가 다가왔다. 아무 생각도 하기 싫은 나는 자주 길게 잠을 잤다. 그동안 잠도 못 자고 일만 했던 게 한이라도 맺힌 사람처럼 끝도 없이 잠이 쏟아졌다. 한참을 자다 목이 말라 거실로 나오니 아이가 열쇠가 달린 작은 상자를 만지작거리고 있었다. 나는 아이에게 달려가 상자를 휙 빼앗았다.

"누가 맘대로 집 안을 뒤지랬어?!"

갈라진 비명이 집 안을 뒤흔들었다. 상자를 빼앗은 내 손이 덜덜 떨렸다. 아이는 눈을 커다랗게 뜬 채 입을 벌리고 아무 말도 하지 못했다.

"너… 너… 너, 나가! 나가!"

나는 미친 사람처럼 소리를 질렀다. 하얗게 질린 아이가 울음을 터뜨리는 것도 눈에 들어오지 않았다. 소리를 지르면서도 분이 풀리지 않자 아무 신발이나 꿰신고 밖으로 뛰쳐나갔다. 나는 달렸다. 목적지가 어딘지도 모르고 그냥 뛰었다. 정신이 들었을 땐 나도 모르는 곳이었다.

길바닥에 쪼그리고 앉아 숨을 몰아쉬었다. 한참이 지나자 감정이 조금 수그러들었다. 얇은 옷에 맨발로 꿰신은 슬리퍼 덕에 한기가 들었다. 그제야 하얗게 겁에 질린 아이가 생각났다. 이걸 어떻게 수습해야 하나 고민하며 터덜터덜 집으로 돌아왔을 때 아이는 무릎에 얼굴을 파묻고 있다가 고개를 들어 나를 바라보았다. 얼마나 울었는지 얼굴이 퉁퉁 부어 있었다.

"아줌마, 잘못했어요. 화장실에 휴지가 없어서 휴지를 찾다가 신기한 게 있어서 꺼냈는데… 일부러 그런 건 아니에요. 정말이에요."

아이의 말은 울먹이느라 발음이 뭉개져 제대로 알아듣기 힘들었지만 확실한 건 사과는 내가 해야 한다는 것이었다.

"너무 갑작스러운 일이라 내가 너무 흥분을 했어. 소리 질러서 미안해."

아이와 나는 한참 침묵 속에 앉아 바닥을 쳐다보았다. 나는 머쓱해서 어디라도 숨고 싶었다. 아이의 울음이 잦아들었다.

"미안해. 이건 정말 아주 오래전부터 기억에서 지운 건데 갑자기 나타나니까 나도 너무 놀랐어. 어디 두었는지도 까먹었었는데."

아이는 퉁퉁 부은 눈으로 나를 보며 물었다.

"근데, 이게 뭐예요? 보물이라도 들었어요?"

심장이 찌릿했다. 오랜 시간 억지로 묻어두었던 기억. 지우고 싶었지만 결국 지우지 못한 상처. 말하고 싶지 않았던 일. 아이에게 뭐라고 해야 할까 잠시 고민했다.

"이건, 망자의 함이야."

"망자의 함이 뭐예요?"

"음. 〈캐리비안의 해적〉이란 영화를 보면 말이야, 어떤 나쁜 괴물이 여자한테 버림받고 자기 심장을 도려내서 망자의 함에 넣어버려. 그리고 그걸 아무도 못 찾는 곳에다 꽁꽁 숨겨. 다시는 상처받지 않으려고. 이건… 내 망자의 함이야."

아이가 부은 눈을 크게 뜨고 흥분한 목소리로 말했다.

"그럼 여기 아줌마 심장이 들어 있어요? 빨리 꺼내서 다시 넣어요! 심장이 없으면 죽는단 말이에요!"

아이는 곧 울 것 같은 목소리로 말했다. 그런 아이가 우스워서 피식 웃음이 났다.

"그 괴물은 심장이 없어도 죽지 않았어. 나도 이렇게, 아주 잘 살고 있잖아."

"그래도요. 사람은 심장이 없으면 살 수가 없잖아요."

"…그런가. 근데 비밀번호를 까먹었어. 오랜 시간 잊으려고 애썼더니 하나도 기억이 안 나."

나는 먼 산을 바라보았다. 이 작은 상자에 잊고 싶은 것을 다 집어넣은 후 꼭꼭 닫아버린 후 단 한 번도 꺼내어보지 않았다. 그 상자의 존재조차 희미해져 이제 정말 다 잊었다고 생각했는데 저 상자와 함께 마음속에 있는 상자까지 그 존재를 드러냈다.

"그래도, 기억날 거예요."

아이가 빙그레 웃었다. 뭐라고 답해야 할지 몰라 나도 마지못해 웃었다. 작은 상자는 텔레비전 장 구석에 넣었다. 그대로 다시 잊히기를 바라면서. 물 한 컵을 들이켜고 아이에게 치킨을 시켜준 후 다시 길고 긴 잠에 빠져들었다.

얼마나 잤는지 모를 일이었다. 밖은 화창했다. 시계는 오전 10시를 가리키고 있었다. 거실에 나오니 아무도 없었다. 어제 시켜준 치킨은 손도 대지 않은 채 거실 테이블 위에 그대로 놓여 있었다. 화장실에도 작은 방에도 주방에도 사방을 샅샅이 뒤져도 아이는 흔적조차 없었다. 원래부터 없던 사람처럼. 혹시나 하는 마음에 창문을 열어 머리를 내밀고 길거리를 살폈다. 저 멀리 아이의 뒷모습이 보였다. 다급하게 아이를 부르려 했지만 이름이 기억나지 않았다. 굉장히 촌스러운 이름이었는데. 그때서야 깨달았다. 나는 같이 지내는 며칠 동안 아이의 이름을 단 한 번도 불러준 적이 없었다. 부르려 해도 부를 이름이 없어 나는 발만 동동 굴러야 했다. 저 멀리 사거리 코너에서 아이가 잠깐 뒤를 돌아보았다.

"…야! 저기! 거기 잠깐 서봐!"

소리를 질러도 들리지 않을 만큼 먼 거리였지만 나는 목이 쉬도록 아이를 불렀다. 저 멀리에서 아이는 희미하게 웃는 것 같았다. 그러고는 다시 뒤돌아 모퉁이를 끼고 모습을 감췄다. 아이가 사라진 거리를 허망하게 바라보고 있을 때 초인종이 울렸다. 그 소리에 놀라 창틀에 머리를 찧었다. 아픈 머리를 부여잡고 혹시나 경찰이 아이를 데려왔나 하는 마음에 벌컥 문을 열었다. 열린 문을 붙잡고 나는 눈을 끔뻑거렸다.

"야! 너 뭐야? 왜 이제야 와!"

이상한 재회였다. 우진은 기막힌 표정으로 나를 바라보았다.

"네가 주소를 남겨서…. 몇 년 만에 한국 왔는데 네가 얼마 전에 나를 찾더라는 얘기를 장우한테 듣고 입국하자마자 부랴부랴 온 거야."

"뭐? 내가?"

우진은 휴대전화를 내밀었다. 그의 SNS에는 내 이름으로 우리 집 주소를 적어놓은 쪽지가 와 있었다. 나는 내 눈을 의심했다. 몇날 며칠 그의 SNS에 들어가 고민만 하다가 대체 뭐라고 해야 할지 몰라 그냥 내려놓곤 했었다. 내가 술에 취해 보냈을지도 모를 일이었다. 하지만 내가 보낸 쪽지함엔 아무것도 없었다. 보내놓고 쪽지를 지웠을까. 하지만 전혀 기억에 없었다.

나는 아이가 들고 왔던 쪽지를 내밀었다.

"너, 이거 들려서 아이를 나한테 보냈었잖아!"

"응? 아이? 무슨 아이?"

우진은 더 황당하다는 표정으로 나를 쳐다보았다. 그제야 방금 아이가 없어졌다는 것이 생각났다.

"앗! 그래, 아이가 사라졌어! 걔부터 찾아야 해!"

나는 서둘러 매일 연락 오던 경찰에게 전화를 걸었다.

…결번이었다.

나는 입을 벌린 채 다물 수가 없었다. 다리에 힘이 풀려 주저앉았다. 우진이 쓰러지는 나를 부축해 소파에 앉혔다.

"혹시 너… 어디 많이 아프니?"

나는 정신없이 자초지종을 설명했다. 너무 황당하고 당황해서 앞뒤가 안 맞았지만 우진은 조용히 듣고만 있었다.

"그러니까 어떤 아이가 내가 보냈다면서 종이를 들고 여길 왔고, 경찰들이 너보고 보호하고 있으라고 했는데, 근데 그 아이가 오늘 사라졌다는 거지?"

나는 정신없이 고개를 끄덕였다. 우진은 벌떡 일어나더니 내 손을 잡아끌었다.

"일단 없어진 아이가 우선이니까, 경찰에 신고부터 하자."

나는 서둘러 옷을 입고 경찰서로 향했다. 경찰서에서는 그런 신고 전화를 받은 적이 없으며 사건 기록에도 전혀 남지 않았다고 했다. 내가 경찰의 이름을 대자 대한민국 어디에도 없는 경찰이라고 했다. 정말 무언가에 씐 것 같았다. 집으로 돌아와 소파에 털썩 쓰러지듯 앉았다. 우진이 냉장고에서 물을 꺼내 한잔 내밀었다.

"정말 뭐가 어떻게 된 일인지 모르겠어."

"요즘 너무 피곤했던 거 아닐까?"

"잠깐도 아니고 며칠이야. 그 오랜 시간을 헛것을 봤다는 게 말이 돼?"

우진은 대답하지 않았다. 어색하게 침묵이 흘렀다. 아이 때문에 잠시 잊었는데 나는 헤어진 지 몇 년이나 지난 남자와 지금 한 집에 있는 것이다. 그렇게 오랜 시간을 같이 보냈어도 헤어질 땐 그만 끝내자는 한마디로 모든 것이 정리되었다. 영화나 드라마처럼 둘 중 누구 하나 먼저 연락하거나 상대방의 집 앞에서 기다린다거나 하는 질척거림 없이 그냥 그렇게 단칼에 무 자르듯 싹둑 잘려나갔다. 너무나도 쿨하고 깔끔한 이별이라 허망할 정도였다. 갑자기 그와 있는 시간이 어색해서 견딜 수가 없었다.

"그때… 왜 그랬어?"

긴 침묵을 깨고 우진이 입을 열었다. 나는 잠시 생각에 잠겼다. 아주 오래된 일이고 이제 와 돌이킬 수도 없는 일인데 이야기를 해야 하는 걸까. 그게 무슨 소용일까. 그냥 내가 그렇게까지 나쁜 여자가 아니란 것을 주장할 수 있을 뿐, 무엇을 얻을 수 있을까. 망설이고 망설이다가 입을 열었다.

"유산이었어."

우진이 입을 벌리고 멍하니 나를 바라보았다. 나는 숨을 깊게 쉬고 말을 이었다.

"지나간 일, 말해봤자 뭐할까 싶지만, 유산이었어. 너무 신경 쓰고 너무 힘들었는지… 병원에서 유산됐단 이야기 듣고 나오는데 네가 나한테 어떻게 아이를 버릴 수 있냐고 막 퍼붓더라. 화가 나서 나도 못된 말 잔뜩 퍼부었지. 그래도… 네가 정말로 그렇게 단칼에 돌아설 줄은 몰랐어."

우진의 눈이 빨갛게 충혈됐다.

"너는 있는 집에서 태어나 별 걱정 없이 살아서 모르겠지만 그때 우리 집, 많이 어려웠어. 아버지는 수표 부도 나고 가게 문 닫은 상태였고 동생은 아직 학생이고. 나는 생계를 책임진다고 무리해서 일하다 유산되고…. 네가 오해해서 돌아선 김에 나는 그냥 내 갈 길을 가야겠다고 생각했어."

"말을… 하지…."

우진의 어깨가 흔들리는 것이 보였다.

"그랬으면, 달라졌을까?"

새벽녘 어스름이 밝아오고 있었다. 잠든 우진이 깨지 않도록 살그머니 일어나 거실로 나갔다. 텔레비전 장에서 작은 상자를 꺼냈다. 비밀번호가 생각났기 때문이다. 아이를 잃었던 날짜가 비밀번호였다. 번호를 눌러 작은 상자를 열었다. 그 안에는 촌스러운 아기 수첩이 들어 있었다. 초음파 사진의 검고 흰 얼룩은 뭐가 뭔지 알아볼 수 없었다. 그 아래에 우진이 볼펜으로 '우리 복동이'라고 적어놓은 글자가 보였다. 까맣게 잊고 살았지만, 임신을 알리자 우진은 당장 결혼하자며 우리 아이의 태명을 적어놓았더랬다.

아이의 얼굴이 잘 생각나지 않았다. 나는 그제야 얼룩 같은 사진을 보며 눈물을 흘렸다.

"잘 가… 복동아. 다음에 꼭… 다시 나에게 와줘…."

어쩌면, 제 눈에만 보이지 않는 투명 인간이었는지도 모르겠군요.
사람들은 자기가 관심 있는 것만 보니까요.
눈앞에 있는 사람도 관심이 없으면 투명 인간이 되고 마니까요

환상의 목소리

황세연

"정말 모르는 사람입니까?"

형사가 테이블 위에 사진 한 장을 내려놨다. 빛바랜 낡은 증명사진을 확대한 사진이었다. 사진 속 인물은 서른 살 정도의 말쑥한 남자였다.

"20년 전 사진이라는 거 고려하고 보세요. 은둔형 외톨이여서 그런지, 근래 찍은 사진을 못 구했습니다."

사진을 한참 동안 들여다보던 조은황은 고개를 옆으로 흔들었다.

"기억에 없어요. 처음 보는 사람이에요."

형사는 이해가 안 간다는 듯이 손가락으로 옆머리를 긁었다.

"생판 모르는 사람이 왜 그랬을까요? 왜 생판 모르는 여자에게, 마치 BJ에게 별풍선을 쏘듯 전 재산을 쏘고, 왜 생판 모르는 여자를 위해 살인까지 저지른 걸까요?"

"글쎄요?"

"조은황 씨는 이 사람을 모른다지만, 이 사람은 당신을 잘 알고 있었던 것 같아요. 조은황 씨가 어느 오디오북 출판사에서 어떤 아르바이트를 하는지도 알고 있었고, 어느 직장에 다니는지도 알고 있었고, 어떤 일로 스트레스를 받는지도 잘 알고 있었으니 말이죠."

"그럼, 스토커였을까요?"

"스토커라…? 맞아요. 일종의 스토커였을 수도 있어요. 그 사람은 늘 조은황 씨 주변을 맴돌았는데 정작 조은황 씨는 그 사람의 존재를 인식하지 못했을 수도…."

"어쩌면, 제 눈에만 보이지 않는 투명 인간이었는지도 모르겠군요. 사람들은 자기가 관심 있는 것만 보니까요. 눈앞에 있는 사람도 관심이 없으면 투명 인간이 되고 마니까요."

목이 칼칼했다.

회사에서 여덟 시간 동안 전화기를 붙들고 고객들을 상대했으니 목이 성할 리 없었다.

컵에 생수병의 물을 따라 몇 모금 마셨다. 흠흠 헛기침을 했다. 피곤해서 오늘은 그냥 자고 싶었지만, 이사하느라 낭비한 시간 때문에 아르바이트 일이 밀려 있었다. 금요일까지 단편 성인 소설 세 편을 녹음해서 오디오북 출판사에 넘겨야 한다.

"아아—, 목소리 테스트 좀 할게용. 하아—, 이 목소리 어때요? 섹시하게 들리시나요? 하나, 둘, 셋! 아아아—"

목소리를 가다듬고 난 은황은 컴퓨터 녹음기를 켜고 가성에 비음을 섞어 원고의 대사 하나를 읽어보았다.

"하아! 너무나 황홀한 밤이에요. 온몸이 아이스크림처럼 녹는 것 같아요, 서준 씨!"

정지 버튼을 누르고 테스트 녹음을 재생했다. 괜찮게 들렸다.

성인 소설을 녹음할 때 은황은 늘 자기 목소리가 아닌 가성을 사용했다. 가성은 여러 가지 장점이 있었다. 자신의 진짜 목소리가 성인 소설 독자들에게 노출되지 않아 좋았고, 허스키한 본래 목소리보다 가성이 더 야하게 느껴졌다. 그리고 무엇보다 다양한 가성은 생명이 길었다.

오디오북 성인 소설 독자들은 같은 목소리에 금방 싫증을 냈고, 낯선 목소리의 오디오북을 선호하는 경향이 강했다. 귀에 익은 유명 성우의 목소리보다 이웃집 아가씨 목소리 같은 아마추어의 낯선 목소리를 선호했다.

성인 소설 낭독 준비가 끝나자 은황은 노트북과 연결된 마이크에 입을 가져다 댔다. 오늘 목표는 성인 소설 한 편을 마저 녹음하고 수정까지 마치는 것이었다.

"페로몬 향기, 2회!"

조금 전에 연습한 관능적인 목소리 톤을 유지하려고 노력하며 제목에 이어 본문을 읽어나갔다.

"저는 술에 취해 정신이 하나도 없었어요. 제게 매줄 안전띠를 잡기 위해 본부장님의 상체가 제 상체에 겹치자 본부장님의 몸에서 젊은 남자의 땀 냄새가 풍겼어요. 그 아찔한 냄새를 맡는 순간 본부장님이 갑자기 저를 끌어안으며 입술을 덮쳤어요. 놀란 제가 손으로 근육질의 가슴을 움켜쥐며 밀어내자 본부장님이 저를 더욱 세게 끌어안았어요. 힘으로는 당할 수 없었죠. 하아, 왜 이러세요! 하아, 제발 이러지 마세요! 소리 지를 거예요."

성인 소설의 반항 장면을 연기하던 은황은 마우스를 클릭해 녹음기의 정지 버튼을 눌렀다. 현실감이 떨어졌다. 전편에서 이어지는 이 상황은 여주인공이 은근히 바라던 상황이었다. 즐거운 상황인지 고통스러운 상황인지 헷갈리게, 이중적으로 들리는 거부 연기를 해야 했다.

은황이 거래하는 오디오북 출판사의 담당자는 대사 중간중간에 들어가는 신음 소리 연기를 '박수 친다'라고 표현했다. 박수 소리가 책 판매량에 영향을 미친다고 했다.

음음, 목소리를 가다듬고 다시 노트북의 녹음 버튼을 클릭했다.

"왜 이러세요! 소리 지를 거예요. 하아앗!"

다시 정지 버튼을 눌렀다. 목소리 톤과 박수 소리를 바꿔보았으나 역시 어색했다.

은황은 고개를 옆으로 흔들고 나서 다시 녹음 버튼을 누르고, 두 손으로 본부장의 가슴을 밀어내는 시늉을 해가며 애드리브를 넣었다.

"하아, 제발! 이러면 다신 본부장님 안 볼 거예요! 하아!"

왈왈! 왈왈왈왈!

갑자기 끼어든 잡음에 은황은 정지 버튼을 눌렀다.

"이런!"

옆집 개가 시끄럽게 짖어대고 있었다. 주방 쪽 옆집 개였다.

짜증이 치밀어 올랐다.

은황은 전에 살던 연립주택에서 층간 소음 때문에 윗집과 꽤 오래 다퉜었다. 전세 기간이 끝나자마자 이 원룸으로 이사 온 게 지난달이었다. 그런데 이 집은 더 시끄러웠다. 이번엔 위층 사람들은 조용한 편인데 주방 쪽 옆집이 문제였다. 도대체 벽이 어떻게 된 것인지 옆집에서 설거지하는 소리, 음악 소리, 술 마시고 떠드는 소리, 코 고는 소리, 개 짖는 소리 등이 그대로 벽을 통과해 생생히 들려왔다. 벽이 콘크리트가 아니라 얇은 베니어합판에 벽지를 발라놓은 것이 아닌가 싶었다.

벽을 주먹으로 쿵쿵 쳐대고 싶은 심정이었지만 꾹 참았다.

그러고 보면 옆집에서도 그녀의 목소리를 듣고 있을지도 몰랐다. 조금 전 성인 소설 낭독하는 소리도 생생히 들렸을지 몰랐다. 얼굴이 화끈 달아올랐다. 연인과 잠자리하며 내는 소리도 아니고 흉내만 내는 목소리라니.

옆집 개 때문에 오늘은 그냥 자야 할 것 같았다. 내일 저녁에도 녹음할 여건이 안 되면 금요일에 휴가를 낼 수밖에 없었다.

"죄송합니다, 고객님!"

은황은 모니터를 향해 고개까지 숙여댔다.

—죄송하면 다야? 고객이 꼭 필요해서 주문한 물건을 너희들 맘대로 취소하면 어떻게 하란 거야? 그것도 바로 취소한 것도 아니고 일주일이나 지나서 말이야!

"죄송합니다, 고객님!"

—넌 죄송하다는 말밖에 할 줄 모르냐? 손해 배상 어떻게 할 거야? 내 피해는 어떻게 배상할 거냐고?

"어떤 피해를 보셨는지 말씀해주시면 저희가 상의해서…."

—야! 그걸 내 입으로 직접 말해야겠어! 엉? 사장 바꿔! 당장 너희 사장 바꾸라고!

은황은 당장 전화를 끊고 싶었지만 꾹 참았다.

"죄송합니다, 고객님!"

—사장 바꾸라니까!

그때 모니터에 회사 단체 채팅 방이 떴다.

[홍성하] 조은황 씨, 무슨 일인데 그래요?

은황은 재빨리 키보드를 두드렸다.

[조은황] 성인용품 취소 건… 막 화내며 사장님 바꾸라고 ㅠㅜ

[홍성하] 강 과장이 좀 받아봐요.

[강아희] 예? 팀장님, 저 오늘 칼퇴해야 돼요. 엄마 병문안 가야 한단 말예요.

[홍성하] 강 과장이 상품 개수 잘못 파악한 탓도 있잖아. 좀 도와줘요.

다음 순간 강아희 과장의 짜증 섞인 목소리가 사무실 전체에 울려 퍼졌다.

"일 배우는 신입도 아니고, 비싸게 스카우트된 경력직이면 경력직답게, 자기 업무는 제발 좀 자기가 알아서 합시다! 별것도 아닌 일 하나 처리 못해서 남들에게 피해 주지 말고! 전화 돌려요!"

전화를 그대로 뚝 끊어버리고 싶은 감정이 다시 치밀어 올랐다. 하지만 은황은 화를 꾹 참으며 강아희 과장의 내선 번호를 누르고 나서 수화기를 내려놨다.

나이가 비슷한 회사 동료에게까지 잔소리를 듣고 나자 눈물이 핑 돌았다.

은황의 심정을 눈치챘는지 홍성하가 곧장 개인 카톡을 보내왔다. 은황은 주변을 둘러본 뒤 메시지 창을 열었다.

[홍성하] 강 과장 성격이 원래 좀 그래. 퇴근하고 술 한잔할까?

은황은 잠시 생각하다가 대답했다.

[조은황] 알바가 밀려 있어 오늘은 안 돼요.

[홍성하] 아쉽네. 힘내. ♥♥♥

빨리 집에 가서 쉬고 싶었지만 집 근처 편의점 앞을 지나가려니 시원한 맥주 생각이 났다. 회사에서 온종일 입을 놀린 탓에 목도 칼칼하고 갈증도 났다.

편의점에서 만 원에 네 개짜리 캔맥주를 사 들고 나와 편의점 앞 테이블에 털썩 걸터앉았다. 하나를 따서 단숨에 반 정도를 들이켰다. 꽉 막힌 변기 같았던 가슴이 조금 뚫리는 기분이었다.

이른 저녁 시간에 여자 혼자 술 마시는 게 무슨 특별한 일이라고 지나가던 사람들이 힐끔거렸다.

모자에 마스크를 써서 눈만 보이는 남자가 은황 옆에 와서 앉았다. 그의 손에도 은황이 마시고 있는 것과 같은 캔맥주가 하나 들려 있었다. 하지만 그는 캔맥주를 따지 않고 가만히 앉아서, 맥주를 마시고 있는 그녀의 옆모습만 힐끔거렸다. 은황은 맥주를 더 마시고 싶었지만 옆의 남자가 신경 쓰여서 남은 맥주를 챙겨 들고 자리에서 일어났다.

지난달에 이사 온 원룸은 아직도 여관처럼 낯설었다.

편의점에서 사온 캔맥주와 가방을 방바닥에 털썩 내려놓고 옷도 벗지 않은 채 침대에 벌렁 드러누웠다. 빈속에 술을 마신 탓인지 갑자기 취기가 올라왔다.

가방 속 휴대전화에서 카톡이 울렸다. 무시했다. 잠시 뒤 전화벨이 울렸다. 전화벨 소리는 끊기지 않고 짜증 날 정도로 계속 울어댔다. 옆집 사람이 신경 쓰여 전화를 받지 않을 수 없었다. 홍성하 팀장이었다.

"여보세요?"

—나야, 집에 잘 들어갔는지 궁금해서 전화해봤어.

"잘 들어왔어요."

—힘들지?

"에휴! 내가 왜 편히 잘 다니던 회사 그만두고 이리 옮겼나 싶어요. 팀장님 꼬임에 넘어가지 말았어야 했는데…."

—또 그 소리다. 너 없으면 내가 무슨 재미로 회사 다니겠냐? 조금만 참아.

"지금 어디예요?"

—술 한잔하다가 잠깐 담배 피우러 나왔어.

"누구랑요?"

—직원들.

"직원 누구요?"

—홍지숙 과장이랑 아희.

"강 과장님은 오늘 어머니 병문안 간다고 하지 않았어요?"

—무슨 일로 계획이 바뀌었대.

칼퇴근해야 한다고 면박을 주며 짜증 내던 강아희 과장이 홍성하와 술을 마시고 있다는 이야기를 듣자 갑자기 부아가 치밀어 올랐다.

"아니, 그렇게 바쁘다며 지랄하시던 분이…."

그때 옆집 강아지가 시끄럽게 짖어댔다.

"아, 저놈의 강아지! 옆집 강아지하고 옆자리 강아희 과장 때문에 진짜 짜증 나서 못 살겠어요."

—옆집 강아지가 그렇게 시끄러워?

"말도 마요. 회사에서는 강아희 과장님 때문에 스트레스, 집에서는 옆집 강아지 때문에 스트레스. 회사 그만두고 방 빼서 청주로 내려갈까 봐요. 도저히 못 살겠어요."

사실 옆집 강아지는 은황에게 그리 큰 스트레스는 아니었다. 강아희 과장에게 받는 스트레스를 과장되게 표현하느라 옆집 강아지를 끌어들인 것이었다. 강아희와 강아지, 이름도 비슷했다. 은황은 자신이 '강아지'를 욕하면 홍성하가 '강아희'를 연상할 거라는 생각이 들어서 좀 과장한 면도 있었다.

—강아희는 내가 잘 이야기할게. 걔가 일은 잘하는데 친하지 않은 사람들한테는 좀 까칠한 면이 있어. 시간이 좀 지나서 친해지면 괜찮을 거야. 다른 여직원들은 다 강 과장하고 잘 지내잖아.

지금 누구 편을 들고, 누구 변명을 하는 거야? 은황은 홍성하의 그런 태도에 더 화가 났다.

"난 능력 없는 직원들하고는 일할 수 있어도 성질머리 더러운 애들하고는 같이 일 못해요!"

—왜 또 이러실까? 강아희는, 네가 예뻐서 질투하는 것이려니 해. 새로 이사 간 집 주소 좀 알려줘.

"왜요?"

—하여튼 주소 불러봐. 뭐 하나 보낼 게 있어서 그래.

"뭔데요? 회사에서 주셔도 되잖아요?"

—남들 눈이 있잖아. 네가 들고 다니기도 그렇고.

"알았어요. 금천구 벚꽃로 321-3 505호."

―그럼, 우리 예쁜이 잘 자. 내가 너 무지 좋아하는 거 알지? 사랑해!

사랑해? 파격적인 말이었다. 그동안은 좋아한다는 말 이상은 하지 않았었다.

―너도 나 좋아하지?

"…예. 좋, 좋아해요."

―자, 그럼 전화 끊는다.

전화가 끊겼다. 은황은 끊긴 휴대전화 화면을 오래도록 들여다봤다.

한숨 자고 일어났더니 밤 12시였다. 술기운과 피곤함이 말끔히 사라지고 머리가 맑았다.

책상 앞에 앉았다. 새로 이사 온 원룸의 방음을 생각하면 너무 늦은 시각이었지만 아르바이트 일이 밀려 있었다.

책상 위의 노트북을 켜려다가 코드를 빼서 화장실 안으로 들고 들어가 변기 위에 올려놓았다. 소음은 주방 쪽 벽이 더 취약한 것 같았다. 주방 쪽 벽에서는 옆집 개가 짖는 소리, 사람들의 말소리가 끊임없이 들려왔지만, 반대쪽 옆집은 늘 조용했다. 화장실 쪽은 벽이 두껍거나, 옆집에 사람이 살지 않는 것 같았다.

화장실에 쪼그리고 앉아 노트북을 켜서 어제 녹음한 부분을 다시 들었다. 목소리를 같은 톤으로 맞춰야 했다.

"음음. 아아, 목소리 테스트. 아잉—. 싫어요."

성인 소설 속의 상대가 잘생긴 홍성하 팀장이라 상상하며 애교 섞인 대사로 목을 풀고 난 은황은 녹음 버튼을 눌렀다. 어제 옆집 강아지 때문에 중단된 부분부터 낭독을 시작했다.

"하아, 왜 이러세요! 하아, 제발! 이러면 다신 본부장님 안 볼 거예요! 하아! 선영 씨, 더는 못 참겠어요! 사랑해요! 안 돼요, 본부장님! 저는 남편이 있는 여자예요…."

그때 어딘가에서 잡음이 끼어들었다.

"파피욘! 파피욘 어딨니? 파피욘!"

은황은 마우스를 움직여 급히 정지 버튼을 눌렀다.

"파피욘! 파피욘!"

파피욘은 옆집 개 이름이었다.

화장실 문을 열고 나가자 출입문 쪽에서 개를 부르는 옆집 여자의 목소리가 또렷이 들려왔다. 옆집 여자가 복도를 왔다 갔다 하는지 목소리가 가까워졌다가 멀어지길 반복했다.

"아아악!"

갑자기 날카로운 여자의 비명이 들려왔다. 은황의 원룸 출입문 앞쪽이었다.

"아아아악!"

뛰어가는 발소리와 함께 여자의 비명이 멀어졌다.

은황은 급히 현관으로 다가가 밖에서 들려오는 소리에 귀를 기울였다. 조용했다. 문을 조금 열고 밖을 내다봤다. 어둠뿐, 아무도 없었다. 보조 잠금장치를 벗기고 문을 조금 더 열었다. 긴 복도를 따라 늘어서 있는 원룸 출입문이 하나둘 열리며 사람들이 밖을 내다봤다.

다시 원룸으로 들어온 은황은 얇은 셔츠만 입고 있던 상체에 체육복을 걸치고 복도로 나갔다. 먼저 복도로 나온 사람들은 난간 밑을 내려다보고 있었다.

"아아악! 파피욘!"

1층 주차장으로 내려간 옆집 여자가 주차장 구석에서 축 늘어진 작은 개를 끌어안으며 울부짖었다.

복도에서 구경하던 사람들이 수군거렸다.

"어떻게 된 거지? 밖으로 나갔다가 자동차에 치였나?"

"아냐. 자동차에 치일 위치가 아닌데? 추락한 거 아냐?"

"에이, 개가 어떻게 복도 난간을 뛰어넘어가?"

"그건 그렇지만… 참 이상하네?"

"에휴, 안됐네. 자식처럼 기르던 갠데."

죽은 개를 안고 오열하는 옆집 여자를 보자 은황도 눈시울이 붉어졌다. 저녁에 홍성하와 통화할 때 옆집 개를 강아희와 함께 싸잡아 욕했던 것이 미안했다.

다음 날도 강아희 과장은 별것도 아닌 일을 가지고 은황을 망신 주고 갈궜다.

점심시간에도 마찬가지였다.

점심을 먹기 위해 직원들이 우르르 자리에서 일어났다. 남직원들은 남직원들끼리 몰려가 밥을 먹고 여직원들은 여직원들끼리 밥을 먹곤 했는데, 여직원들은 강아희의 눈치를 보며 그 누구도 은황에게 밥 먹으러 가자는 말을 하지 않았다.

여직원들이 은황을 따돌리는 분위기를 감지한 홍성하가 출입문 쪽에서 머뭇거리며 은황의 눈치를 봤다. 하지만 같이 밥 먹으러 가자는 말은 하지 않았다. 남직원들

틈에 그녀를 끼게 하는 것이 부담스러운 것 같았다.

은황은 홍성하의 시선을 모른 체하며 계속 일하는 척했다.

"팀장님, 빨리 나오세요."

"으응."

홍성하는 결국 은황을 혼자 남겨두고 남자 직원들을 따라 밖으로 나갔다.

배신감이 일었다.

'어젯밤 내게 사랑한다고 말이나 하지 말지…. 사람들 눈치나 보는 주제에 무슨 사랑 타령?'

5분쯤 지나서 사무실 안으로 누군가가 들어왔다. 사장이었다.

"아니 왜, 점심 먹으러 안 나갔어?"

은황의 등 뒤로 다가온 사장이 어깨를 툭 치며 물었다.

"안녕하세요! 아침을 먹었더니 배가 안 고파서요."

"굶으면 안 되지. 나도 밥 먹어야 하는데, 나랑 같이 밥 먹으러 가자. 맛있는 거 사줄게."

"전 괜찮은데…."

"그러지 말고 나가자고. 난 요즘 마누라가 밥도 안 챙겨줘."

50대 중반의 사장이 은황의 손을 잡아끌었다.

은황은 마지못해 사장을 따라나섰다.

사장은 은황을 회사 근처에서 가장 비싼 양식집으로 데려갔다. 점심시간인데도 음식 값이 비싸서인지 손님이 많지 않았다.

"뭐 먹을 거야? 내가 쏘는 거니까 비싼 거 시켜. 난 한우 등심 스테이크."

"저도 같은 걸로요."

은황은 메뉴판도 보지 않고 대답했다.

"이거 추가하고, 이것도 한 병 줘요. 술부터 먼저요."

사장은 백포도주를 주문했다.

포도주가 나오자 사장은 먼저 은황의 잔에 포도주를 반쯤 따랐다.

"마셔."

"근무 시간인데요."

"괜찮아. 내가 사장이야. 사장하고 술 마셨다는데 누가 뭐라 할 거야. 난 술 잘 먹는 여자가 좋더라. 내가 경험해 보니, 술 잘 마시는 여자가 회사 일도 잘하고 밤일도 화끈하더라고. 자, 건배!"

은황은 잔을 들어 조심스럽게 건배한 뒤 조금 마시는

척했다.

사장은 한 번에 들이켜고 나서 은황에게 빈 잔을 내밀었다.

"자, 한잔 따라봐."

은황은 포도주병을 들어 조심스럽게 술을 따랐다. 병에서 포도주가 흘러나오며 퐁퐁 소리가 났다.

"나는 예쁜 아가씨가 내게 술 따라줄 때가 젤 좋더라. 조 대리 같은 예쁜 아가씨가 예쁜 손으로 술병을 꽉 잡고 내 잔에 술을 따를 때면, 남자는 배 여자는 항구, 그 노래 알지? 그 노래가 떠오른단 말이야. 이렇게 목이 긴 술병, 그리고 그 병 끝의 구멍에서 향기로운 술이 쭉쭉 흘러나와 옴폭 파인 내 잔을 가득 채워갈 때의 그 환상적인 느낌이란! 조 대리는 그런 쾌감 느껴본 적 없어?"

"예? 저는 술을 그리 좋아하지 않아서…."

"아이쿠, 아직 순진하구나. 내가 무슨 말을 했다고 그리 얼굴이 붉어져?"

등심 스테이크가 나오자 은황은 일부러 휴대전화를 꺼내 시계를 들여다보며 먹는 속도를 빨리했다.

"사장님, 점심시간 얼마 안 남았어요."

"뭘 그리 서둘러? 사장이 점심시간 좀 어기면 회사 망

하나?"

"헤헤, 저는 사장이 아니어서요."

"혹시 회사에서 누가 조 대리 괴롭히는 사람 있어?"

"어, 없어요."

"혹시 새로 왔다고 갑질 하거나 괴롭히는 사람 있으면 내게 말해. 확 잘라버릴 테니까. 알았지?"

"예…."

"나도 예전에 직장생활 해봐서 아는데, 직장생활에서 가장 중요한 게 뭔지 알아? 사장에게 아부 잘하는 게 최고야. 회사 왜 다녀? 당연히 돈 벌려고 다니는 건데, 연봉은 누가 결정하나? 사장이잖아. 일 잘하는 사람보다 사장에게 아부 잘하는 사람이 승진도 빠르고 월급도 빨리 오르더라고. 여자들은 특히 더 그렇지. 우리 회사에서는 강아희가 젤 마음에 들더라. 걔는 내가 무슨 일이든 시키면 죽는 시늉이라도 한다니까…."

"저, 사장님. 점심시간 끝나서 가봐야 할 것 같은데요."

"아이고, 또 이런다. 나하고 언제 이렇게 술 마실 기회가 있을 줄 알아?"

"사장님 죄송해요. 제가 점심시간 끝나자마자 바로 고객 분에게 전화 드리기로 했거든요. 진상 고객이라서…."

은황은 사장의 대답도 듣지 않고 자리에서 일어났다. 스테이크는 반도 먹지 않았다.

"아, 그래? 그럼 어쩔 수 없지. 다음에 시간 내서 술 한잔하자고."

사무실로 들어서자 점심시간이 10분쯤 지나 있었다.

강아희 과장과 운영지원팀의 홍지숙 과장이 출입문 앞에 서서 무슨 이야기를 하다가 은황이 사무실로 들어서자 자리로 돌아갔다.

잠시 뒤 홍지숙 과장이 은황에게 다가왔다.

"조 대리님! 아침에 5분 이상 지각하거나 점심시간에 5분 이상 지각하면 휴가 하루 까이는 회사 규정 모르세요?"

"예에? 그런 규정이 있어요?"

"우리 회사 사이트, 직원 전용 게시판에 쓰여 있어요."

그때 영업팀의 박 과장이 사무실로 들어왔다.

"전 직원이 그런 거예요?"

"영업팀하고 팀장급 이상은 예외예요."

"저, 사장님하고 점심 먹느라… 일찍 오려고 했는데 사장님이 잡으셔서…."

"사장님하고 둘이 식사했어요? 술 냄새도 나네요?"

“사장님이 포도주를 시키셔서요.”

순간 홍지숙 과장이 미간을 살짝 찡그렸다.

“하여튼 규정이 그러니 어쩔 수 없어요. 직원과 사장의 입장이 같지는 않잖아요. 사장님이 뭐라 하시건 직원이 알아서 처신을 잘해야죠. 휴가 하루 제하겠어요.”

일방적으로 통보한 홍지숙 과장이 칸막이 너머로 힐끔거리는 강아희 과장을 한번 쳐다보고 나서 자리로 돌아갔다.

문 앞에 기다리던 택배가 와 있었다.

누가 보낸 건지 이미 알고 있었지만 주소를 살폈다. 회사 주소와 홍성하 팀장 이름이 쓰여 있었다.

홍성하가 택배로 보낸 선물은 빨간색 브래지어와 팬티였다. 고급 브랜드였다.

엊그제 저녁 사랑한다고 말했던 것만큼이나 과감한 선물이었다.

‘이걸 어떻게 받아들여야 하지?’

마치 은황에게 잠자리를 같이하자고 노골적으로 말하는 것 같았다. 하지만 기분이 나쁘지는 않았다. 아니, 좋았다. 프러포즈를 받은 느낌이었다.

치수가 맞을까 싶었다.

은황은 옷을 훌훌 벗고 태그도 떼지 않은 팬티를 입어 봤다. 딱 맞았다.

'어떻게 내 엉덩이 사이즈를 알았지?'

브래지어는 꽤 컸다. 홍성하가 자신의 가슴을 두 치수 정도 크게 봤다는 것이 마음에 걸렸다. 은황은 가슴이 빈약해서 콤플렉스가 있었다.

홍성하가 마치 옆에서 지켜보고 있었던 것처럼 카톡이 왔다.

[홍성하] 어때? 딱 맞지?

은황은 잠시 생각하다가 천천히 글자를 입력했다.

[조은황] 이게 도대체 뭐예요? 우리가 속옷 주고받을 사인가요?

[홍성하] 왜? 난 그래도 되는 사이라고 생각했는데. 미안!

웃음이 나왔다.

[조은황] 좀 당혹스러워서요. 이걸 어떻게 이해해야 할지…. 이런 건 은밀한 관계의 연인이나 주고받는 거 아녜요?

[홍성하] 우리 그런 관계 아니었어? 은황 씨도 나 좋아한다고 했잖아. 나 혼자만 짝사랑하고 있었나? 실망 ㅠㅜ

은황은 빙그레 웃으며 뭐라고 대답할까 생각했다.

[홍성하] 은황 씨, 목소리 듣고 싶어. 전화할게.

곧바로 휴대전화가 울렸다. 은황은 버릇처럼 화장실 쪽으로 다가가며 전화를 받았다.

"여보세요?"

―목소리 들으니 좋다. 은황 씨는 목소리가 정말 좋아. 물론 얼굴은 더 예쁘지만.

"왜 전화했는데요?"

은황은 일부러 쌀쌀한 분위기를 연출했다.

―목소리 듣고 싶어서 그냥 전화했다니까. 오늘 사장님하고 점심 먹었다며? 포도주도 마시고?

"누구에게 들었어요?"

―우리 회사에 비밀이 어디 있어?

"우리 사장님 좀 이상하지 않아요?"

—뭐가?

"끈적끈적한 시선으로 여직원들 다리나 쳐다보며 엉덩이가 어떻다느니 가슴이 어떻다느니…."

은황은 사장이 했던 이야기를 그대로 하기 싫어서 다른 말을 꾸며댔다.

—사장님이 그런 말을 했어?

"더했으면 더했지, 덜하지는 않았어요. 막 만지려 들고. 이 회사 정말 못 다니겠어요. 다들 정상이 아닌 것 같아요. 또라이 강아희에, 성희롱 사장에… 정말 때려치우고 청주로 내려가고 싶은 마음이 굴뚝같아요. 날 스카우트한 팀장님 체면만 아니면 벌써 때려치웠을 거예요."

—…미안해. 조금만 참아. 그런 문제들은 내가 대책을 강구해볼게.

홍성하의 목소리가 착 가라앉아 있었다.

"저, 말이에요."

—무슨 일인데 뜸을 들여?

"저, 잠깐 생각해봤는데… 회사에 우리 둘이 사귄다고 공표하는 건 어때요? 그럼 강아희 과장도 내게 함부로 못할 테고 사장님도 그렇고…."

잠시 침묵이 이어졌다.

―글쎄, 그건 좀… 너무 작은 회사라서. 그러다 우리 둘 사이에 무슨 불편한 일이 생기기라도 하면 그것도 그렇고….

순간 은황은 흙탕물이라도 뒤집어쓴 기분이었다. 돌려서 말한 거였지만 홍성하가 그녀의 말뜻을 못 알아들었을 리 없었다. 그가 자신의 프러포즈를 거절한 것이었다.

은황은 자존심을 꺾고 아무렇지도 않은 듯이 다시 말했다.

"저는 그렇지 않아도 퇴사할까 고민하고 있는데, 그런 상황이 발생하면 제가 그 즉시 회사를 그만둘게요."

―그래도 그건… 신중히 생각할 일이니 좀 더 시간을 두고 생각해보자고. 너무 스트레스 받지 마. 널 괴롭히는 강아희나 사장님 건은 내가 어떻게든 대책을 마련해볼게. 내일 금요일인데, 저녁에 시간 되시나? 집들이 안 해? 집에 한번 가보고 싶은데.

"전 알바 때문에 이번 주말까지는 바빠요. 그럼 이만."

여느 때와는 달리 은황이 먼저 전화를 뚝 끊었다.

회사에서 은황은 온종일 인상을 쓴 채 말없이 일만 했다. 홍성하와는 일부러 눈을 마주치지 않았다. 대화 역시 업무적인 것 이외에는 하지 않았다.

그런데 은황이 그런 태도를 보이자 강아희도 더 이상 그녀를 괴롭히지 않았다.

'혹시 강아희가 홍성하 팀장을 좋아하는 건가? 아니면 이미 둘이 그렇고 그런 관계…?'

퇴근 무렵 홍성하가 개인 카톡으로 할 말이 있다며 술 한잔하자고 했다. 은황은 아르바이트 때문에 바쁘다며 한마디로 거절하고 곧장 집으로 왔다.

집에 와서도 머릿속이 복잡했다.

그럴 때는 잠을 자거나 정신을 집중할 수 있는, 좋아하는 일을 하는 것이 최고였다.

노트북을 켜고 새로운 가성으로 성인 소설을 낭독하기 시작했다. 기분이 착 가라앉아 있었지만 성인 소설을 읽기 시작하자 기분이 조금씩 나아졌다.

회사를 그만두게 된다면 이 일이 유일한 생계 수단이 될 수도 있었다. 최대한 경쾌하고 달콤한 목소리를 내려고 노력했다.

"투 인천, 플리즈! 저도 모르게 혀를 굴리고 나서 바로 아차 했어요. 여긴 미국이 아니라 한국이었으니까요. 막 인천공항에 내려 택시를 탔는데 실수로 택시 기사에게 영어를 쓴 거였죠. 얼굴이 확 달아올랐어요. 예스, 오케이, 인천! 원빈을 닮은 젊은 운전기사가 서툰 영어로 대답했어요. 다행히 운전기사는 제가 한국인인 걸 전혀 눈치채지 못한 것 같았어요. 저는 계속 영어를 쓰며 외국인인 척할 수밖에 없었어요. 기사가 서툰 영어로 제게 어디 출신이냐고 묻기에, 미국 앨라배마 태생이라고 대답했죠. 잠시 뒤 영어로 한국말 할 줄 모르냐고 묻기에 전혀 모른다고 대답했어요. 그랬더니 혼자 한국말로 이렇게 중얼거리는 거 아니겠어요. 고년, 목소리도 예쁘고 정말 잘 빠졌네. 햄버거 먹고 커서 그런가, 완전 쭉쭉빵빵이네. 그 말에 저는 정신이 번쩍 들었어요."

은황은 밤새 성인 소설을 낭독해 녹음하고 편집했다. 오디오북을 녹음할 때마다 시끄럽게 짖어대던 옆집 개가 죽고 나니 방해물이 전혀 없었다.

은황은 마감일보다 하루 늦은 토요일 오전에 오디오북 녹음 파일들을 메일로 담당자에게 보냈다.

일요일 오전에 홍성하에게서 전화가 걸려왔다. 차로 데리러 갈 테니 영화 보러 가자고 했다. 하지만 은황은 몸살 기운이 있다고 둘러대고 종일 잠을 잤다.

월요일, 회사에 출근하니 분위기가 이상했다.

직원 10여 명이 경영지원팀의 홍지숙 과장 주변에 모여 웅성거리고 있었다.

"어디서 그랬대요?"

"어제저녁 집 앞에서 그랬대. 오토바이가 뒤에서 달려와 그대로 들이받았다나 봐. 죽지 않고 산 게 다행이래."

"뺑소니?"

"예. 인근 CCTV에 사고 장면이 찍혔는데 오토바이 번호판이 가짜라는 거 같아요. 다른 사람 오토바이에서 떼어다 붙인 거래요. 게다가 범인이 얼굴 전체를 가린 헬멧을 쓰고 있어서 CCTV도 별 도움이 안 되나 봐요. 경찰관이, 범인을 잡는 데 시간이 좀 걸릴 것 같다고 그랬대요."

"오토바이 번호판이 가짜면? 그럼 누군가가 고의로 낸 사고라는 거야?"

"그건 아니겠죠. 누가 강 과장에게 그리 큰 원한이 있다고 고의로 그랬겠어요?"

"회사는 언제 나올 수 있대요?"

"고관절 골절인데 오늘 오후에 긴급 수술이 잡혔나 봐. 수술이 잘돼도 꽤 오래 입원해야 하고, 퇴원해도 몇 달간은 회사에 나오기 힘들 것 같아."

"누가 다쳤는데요?"

뒤쪽에 서서 이야기를 듣던 은황이 궁금증을 못 참고 홍지숙 과장에게 물었다.

"강아희 과장."

"어쩌다가요?"

"혹시 조 대리가 그런 거 아녜요?"

홍 과장의 얼굴에 조금 전과 달리 미소가 피어 있었다.

"예에?"

"호호. 왜 그리 놀라요, 진짜 범인처럼? 추리 드라마에서 늘 하는 말 있잖아요. '범인은 바로 이 사건으로 가장 득을 본 사람이다.'"

"제가 득을 봤다고요?"

"호호, 농담! 오늘은 월요일! 자, 사장님 출근하실 시간이에요. 모두 자리로 돌아가 일합시다."

홍지숙 과장은 정말 이상한 여자였다. 친하게 지내던 직원이 중상을 입었다는데 저리 농담이 나올까?

월요일 오전에는 전 직원 회의가 있었다.

직원이 스물세 명인 바로올주식회사는 겉으로 보기에는 스포츠 용품을 판매하는 인터넷 쇼핑몰 회사였지만 매출의 반 정도는 성인용품 판매에서 나오고 있었다. 그런데 지난주 성인용품의 매출이 크게 떨어졌다.

"이유가 뭐지?"

사장이 매출 보고를 마친 홍성하 팀장을 보며 타박하듯 물었다.

"저번 달에는 미국산 특수 콘돔이 큰 인기를 끌어 매출이 올랐는데, 지난주에는 재고가 부족해 판매를 못했습니다. 게다가 저희 쪽의 일방적인 판매 취소로 별점과 악플 테러를 당해 다른 제품들까지 타격을 받았습니다."

"재고가 없으면 물건을 팔지 말아야지, 왜 팔았는데?"

"강아희 과장의 실수가 좀 있었습니다."

"그게 마케팅 팀장이 할 소린가? 팀원이 실수하지 않게 잘 관리하는 게 팀장이야."

"죄송합니다."

홍성하가 고개를 숙이며 대답했다.

"대체할 다른 킬러 제품 없어?"

"찾고 있습니다."

"앉아서 찾지 말고 발로 좀 뛰어. 담당자들은 남녀불문

하고 성인용품점을 수시로 드나들어야 해. 이번에 새로 나온 기구를 사용해보니 나 같은 아줌마한텐 너무 작게 느껴지더라, 경험이 적은 내겐 너무 크더라, 그런 걸 알아야 나이 대에 맞춰 추천 코너에도 올리고, 타깃 마케팅도 할 거 아냐. 충성도가 그냥 생기나? 사용해보고 만족도가 높아야 생기는 거지. 안 그래요, 조은황 씨?"

성희롱성 발언을 일삼던 사장의 입에서 자신의 이름이 나오자 은황은 화들짝 놀랐다.

"예? 예."

"벌써 12시 30분이네. 밥은 먹어야지. 다 먹고살자고 하는 짓인데. 조은황 씨, 밥 먹으며 나랑 업무 얘기 좀 합시다."

"예? 저, 선, 선약이 있는데요…."

저번에 같이 점심 먹던 때의 일이 생각나서 은황은 급히 핑계를 댔다.

"무슨 약속인데? 회사 일보다 중요한 약속이야?"

"저, 홍 팀장님하고 같이 제일스포츠 영업 담당자 만나 점심 먹기로 했는데요."

은황은 거짓말을 하며 날 구해달라는 눈빛으로 홍성하를 바라봤다. 하지만 그는 난처하다는 듯이 은황의 시선을 피했다.

"홍 팀장, 그렇게 중요한 약속이야?"

사장이 홍성하에게 물었다.

"아 그게, 주요 업체 미팅이라 중요하긴 합니다만, 제가 혼자 가도 별문제는 없을 겁니다."

"그래? 자, 밥 먹으러 가자고."

은황은 홍성하에게 무척 화가 났지만 내색을 할 수 없었다.

예상한 대로 점심을 먹는 내내 사장은 갖은 성희롱성 발언을 일삼았다. 또 손금을 봐주겠다며 은황의 손을 잡고 주물러대기도 했고, 은황이 쓰는 향수 이름을 알아맞히겠다며 몸 곳곳에 코를 대고 킁킁거리기도 했다.

그러고 있는 동안 홍성하에게서 카톡이 왔다.

[홍성하] 아까는 미안! 내가 나서면 사람들이 우리 사이를 눈치챌까 봐 그랬어. 밥 잘 먹고 있지? 사장님, 말만 그렇지 이상한 짓은 안 해. 자세한 이야기는 만나서….

은황은 답장을 하지 않았다. 아예 전화기를 꺼버렸다.

퇴근 후 집에 돌아와 휴대전화를 켜니 홍성하에게서 몇 통의 부재중 전화와 문자가 와 있었다.

확인하지 않고 다시 휴대전화를 끄려는데 전화벨이 울렸다. 오디오북 담당자였다. 얼굴은 한 번도 보지 못했지만, 통화는 몇 번 한 적이 있었다. 그런데 이 시간에 왜?

"여보세요?"

—안녕하세요.

오디오북 담당자는 목소리로 봐서는 마흔 살쯤 될 것 같았다. 여자였다.

—쉬는데 전화해서 죄송해요. 지난 주말에 보내주신 파일 확인했는데 이번 것도 아주 좋던데요. 최근 성우님이 낭독한 오디오북이 인기 최고라는 거 아시죠?

"그래요? 감사합니다."

—퇴근 직전에 추가 작업 요청 메일 보냈어요.

"감사합니다. 야근하시나 봐요?"

—아뇨, 그런 건 아니고…, 특별한 케이스가 있어서 개인적으로 전화 드렸어요.

"개인적으로요?"

—어떤 독자 분이 야설을 한 편 써서 보내주셨는데, 성우님 목소리로 녹음해주면 보수로 500만 원을 주겠다는

제의가 들어왔어요. 이걸 어떻게 처리해야 하나… 고민했어요. 회사 정식 업무로 처리하기는 그렇고 해서요.

"500만 원이나요?"

—제가 대충 살펴봤는데, 개인적인 성 경험이나 성적 판타지를 서술한 것 같더군요. 좀 야하긴 하지만, 분량은 많지 않아요. 단편 성인 소설 정도. 어떠세요? 오디오북 제작 가능하시겠어요?

"글쎄요?"

대답을 잠시 보류했다. 누군가가 자신을 지목해서 주문한 음란물을 읽어주고 돈을 받는다는 것은 누군가와 음란 통화를 하고 돈을 받는 것처럼 수치스럽다는 생각이 들었다. 하지만 보수가 셌다. 그리고 늘 하던 일이었다. 은황은 곧 회사를 그만둬야 할지도 몰랐다. 그렇게 되면 당분간은 성인 소설 낭독 아르바이트가 유일한 수입원일 수밖에 없었다. 그녀에게 일거리를 주는 오디오북 담당자가 이 시간에 전화했다는 것은 이 일을 꼭 해주길 바란다는 의미였다.

"비밀은 유지되는 거죠? 일을 의뢰한 사람에게 제 메일 주소나 전화번호가 넘어간다거나 하면 좀 곤란할 거 같은데…."

—예에? 그건 절대 걱정하지 마세요.

"그렇다면…, 평소 하던 일이니 못할 것도 없을 것 같아요. 어차피 돈 벌려고 하는 알바인데요. 소설 파일 보내주시면 살펴보고 큰 문제 없으면 그것부터 녹음해 보내드리죠. 수익 배분은…?"

—6 대 4 어떠세요?

일을 개인적으로 중개한 오디오북 담당자가 200만 원을 거저먹겠다는 이야기였다. 8 대 2로 하자고 하고 싶었지만 그만두었다. 떼어가는 게 많을수록 비밀을 철저히 유지하려 할 테고, 책임감도 커질 테니까.

"예. 그렇게 하시죠."

10분쯤 뒤 오디오북 담당자가 보낸 메일이 도착했다.

첨부된 한글 파일은 A4 용지 열 장 정도였다.

맞춤법이 엉망인 소설의 시간적 배경은 1990년대 같았고, 장소는 가난한 사람들이 방 한 칸씩을 얻어 사는 달동네의 단독주택이었다.

일인칭 시점의 성인 소설 주인공은 최순석이라는 나이 많은 노총각이었다. 시골에서 올라와 육체노동으로 먹고사는 최순석은 옆방에 세 들어 사는 어린 새댁, 남편의 폭력에 시달리는 가난한 새댁을 짝사랑하게 되고 결국 눈이 맞아 틈틈이 정을 통한다.

야한 성인 소설답지 않게 결말은 비극이었다.

극한 상황에 처한 새댁이 최순석에게 같이 도망가자고 하지만, 사정이 있는 그는 곧바로 대답하지 못한다. 며칠 뒤 최순석이 사장을 협박해 밀린 월급을 받아들고 새댁을 찾아갔을 때 그녀는 이미 싸늘한 시체가 되어 있다.

줄거리는 1990년대 통속 소설이었지만, 일반 성인 소설보다 훨씬 노골적이고 묘사도 상세했다.

은황은 이야기 중간쯤에 있는, 19금 장면을 소리 내서 읽어보았다.

"헉! 순석 씨! 하악, 순석 씨! 제발! 안 되겠어요, 도저히 감당이 안 돼요, 순석 씨!"

스토리와 19금 장면의 부조화가 너무 심해 우습기까지 했다.

"순석 씨! 순석 씨! 순석 씨…!"

순석이라는 이름이 대사마다 들어가는 것도 꽤 거슬렸다. 하지만 이번 녹음 건은 그녀 마음대로 어느 부분을 삭제하거나 추가하면 안 될 것 같았다. 20만 원짜리 성인 소설 낭독이 아닌 300만 원짜리였다. 아니, 돈을 내는 사람에게는 500만 원짜리였다.

녹음하기 전에 원고를 소리 내서 두 번이나 읽어봤다. 또 외설적인 장면을 글쓴이의 의도에 맞추기 위해 몇 번씩 연습했다.

완성도를 높이려면 음반 녹음처럼 몇 번 반복해 녹음한 뒤 그중 제일 나은 부분들을 모아 편집해야 할 것 같았다. 아무리 서둘러도 며칠 정도 걸릴 수밖에 없는 작업이었다.

밤새 녹음하느라 새벽에 잠들었다. 그 바람에 늦잠을 잤다. 머리도 못 감고 얼굴에 물만 묻힌 뒤 서둘러 집을 나섰다.

버스 안에서 밤새 꺼놓았던 휴대전화를 켰다.

어젯밤 홍성하가 전화를 여러 차례 걸었고, 카톡도 보냈다.

[홍성하] 전화 좀 받아라.

[홍성하] 같이 술 한잔하려고 너희 집 근처 왔다. 너희 집이 이 근처 어디 같은데 못 찾고 배회하고 있다. 전화 받아라.

[홍성하] 너희 동네 편의점 앞에서 네가 전화 켜길 기다리며 혼자

술 마시고 있다.

[홍성하] 너 기분 크게 상한 거 안다. 하지만 회사에서는 어쩔 수 없었다. 제발 너를 아끼고 사랑하는 내 마음을 이해해주길 바란다.

[홍성하] 바람둥이 사장님이 너에게 관심 보이고 너에게 말 함부로 하는 거, 너 이상으로 나도 기분 나쁘고 불편하다. 하지만 사장인데 내가 직원들 앞에서 어떻게 면박을 주겠냐? 그 일은 내가 사장님을 개인적으로 만나 우리가 이런저런 관계라고 잘 말씀드리고 해결할 테니 걱정하지 마라.

[홍성하] 너와 나 사이의 진실은 내가 널 무지 좋아한다는 거, 내가 널 미치도록 사랑한다는 거, 그거다.

[홍성하] 오늘은 시간이 너무 늦어서 그냥 돌아간다. 잘 자고 내일 보자. 사랑해!

가슴에서 뭔가 뜨거운 것이 울컥 치밀어 올랐다.

미치도록 우울했는데, 홍성하가 어젯밤 그녀의 집 근처에 와서 보낸 카톡의 사랑한다는 말 한마디가 그녀의 기분을 반전시켰다.

누군가의 말 한마디가 어떻게 사람의 기분을 이리 극단적으로 변하게 할 수 있는 거지? 내가 홍성하에게 너무 집착하고 있는 게 아닐까?

그만두려던 회사였는데, 지각할까 봐 사무실로 달려 들어갔다.

그녀를 괴롭히던 강아희도 사라졌고 홍성하와도 잘되고 있었다. 이제 회사를 그만둘 이유가 없었다.

어? 사무실에 아무도 없었다. 무슨 일이지?

회의실 문이 활짝 열려 있었고 직원들의 말소리가 들려왔다.

가방을 의자 위에 던져놓고 곧장 회의실로 갔다.

"이제 우리 어떻게 되는 거예요? 사모님이 회사를 팔까요?"

침울한 표정의 여직원 한 명이 가운데 자리에 앉아 있는 홍성하를 보며 물었다.

"글쎄? 하지만 걱정할 거 하나 없어. 그래봤자 사장이 바뀌는 것밖에 더 있나?"

무슨 일인가 궁금해 귀를 쫑긋거리고 있는 은황을 홍지숙 과장이 돌아봤다.

"무슨 일이에요?"

낮은 목소리로 물었다.

"어젯밤에 사장님이 사고로 돌아가셨어요."

"예에?"

은황의 목소리가 크게 튀었다. 깜짝 놀란 은황은 홍지숙 과장이 아닌 홍성하를 쳐다봤다.

"어, 어떻게…?"

"어젯밤 회사 근처에서 술 마시고 대리운전을 불러 집으로 돌아갔다는데, 오늘 아침에 부천 어딘가에 세워져 있는 차 안에서 돌아가신 채 발견되었대요."

"가, 강도를 당한 건가요?"

은황은 홍성하를 계속 쳐다보며 홍지숙 과장에게 물었다.

"아직은 아무것도 몰라요. 돌아가셨다는 것밖에는."

"부천 원미경찰서에 있는 선배에게 전화해보니 차 안에서 망치와 핏자국이 발견되었다던데요."

"어허! 확인되지 않은 사실이야! 함부로 말하지 마."

홍지숙 과장이 남직원을 향해 경고하듯 말했다.

홍성하가 은황의 시선을 무시하며 자리에서 일어났다.

"자, 그만 자리로 돌아갑시다! 상황 봐서 곧 사모님 만나 회사 운영에 대해 여쭤볼 테니, 여러분은 그냥 하던 일 열심히 하시면 됩니다. 혹, 사장님 전결이 필요한 급한 일 생기면 내게 와서 상의해주시고요."

자리로 돌아온 은황은 컴퓨터를 켜자마자 홍지숙 과장에게 개인 카톡을 보냈다.

[조은황] 사장님, 몇 시에 사고를 당했대요?

[홍지숙] 그걸 내가 어떻게 알겠어요.

[조은황] 사장님이 몇 시까지 술 마시고 대리를 불렀는지 모르세요?

[홍지숙] 그게 왜 궁금해요?

[조은황] 회사 대표가 돌아가셨는데 어떻게 안 궁금해요?

[홍지숙] 혹시 뭐 짚이는 거 있어요?

[조은황] 아뇨. 하여튼 과장님은 어제 사장님 법인카드가 언제 마지막으로 결제되었는지, 그런 걸 확인할 수 있지 않으세요?

[홍지숙] 알 수 있다고 해도 개인 정보라 알려줄 수 없어요. 경찰이 와서 알려달라면 모를까.

그때 홍성하로부터 카톡이 왔다.

[홍성하] 화는 좀 풀렸어?

[조은황] 제가 언제 화낸 적 있나요.

[홍성하] 어제 너희 동네 헤매고 돌아다녔더니 다리 아파 죽겠다.

[조은황] 주소 알면 우리 집 찾기 무척 쉬운데, 길치예요? 우리 동네에는 몇 시에 왔었어요?

[홍성하] 내가 어제 전화하고 카톡 보낸 시간 보면 알잖아. 8시쯤 가서 1시까지 있었지. 나 어제 혼자 술 마시고 취해서 전화기도 잃어버렸다. 네가 하도 속을 썩이니 정신이 없어서 택시에 놓고 내렸어.

[조은황] 그럼 한동안 통화도 못하는 거예요?

[홍성하] 아니. 예전에 쓰던 전화기 가져왔어. 오전에 유심 칩만 새로 만들어 끼우면 될 거야.

[조은황] 다행이네요.

[홍성하] 사랑하는 사람 속 그만 썩여. 회사는 계속 다닐 거지?

[조은황] 아… 예.

[홍성하] 조은황, 사랑한다!

은황은 채팅 창에 '저도 사랑해요'라고 입력했다. 하지만 보내지 않았다. 뭔가 알 수 없는 막연한 두려움이 마음을 흔들고 있었다.

온종일 회사 단톡방에 쉬지 않고 글이 올라왔다. 직원

들 개개인이 여기저기서 주워들은 정보를 서로 공유하는 것이었다.

점심시간이 되자 밖으로 몰려나가던 여직원들이 은황에게 다가왔다.

"같이 밥 먹으러 가죠? 어떤 음식 좋아해요?"

홍지숙 과장이 아부하듯 말했다.

"살 빼려고 굶을까 했는데요…."

"아잉, 조 대리님. 같이 밥 먹으러 가요."

"그래요. 밥 먹고 나서 내가 커피 한 잔씩 쏠게요."

강아희 과장의 빈자리가 크게 느껴졌다. 여직원들을 휘어잡고 있던 강아희 과장이 있을 때는 은황을 따돌렸던 여직원들이 이제 그녀와 친해지려고 노력하는 듯한 분위기였다.

"커피는 신입인 제가 쏴야죠. 가시죠!"

여직원들이 밥을 먹는 동안에도 화제는 사장의 죽음이었다.

"이제 우리 회사 어떻게 될까요? 팔릴까요?"

막내 여직원이 회사 돌아가는 사정을 제일 잘 아는 홍지숙 과장에게 물었다.

"내가 사장님 사모님이라면 회사를 팔지 않고 그냥 홍

성하 팀장에게 운영을 맡길 것 같은데. 사실 그동안도 그랬잖아. 사장님은 점심때쯤 회사 나와서 가끔 회의나 참석하고, 인터넷으로 신문이나 보다가 여직원들 성희롱이나 하고, 오후 서너 시쯤 퇴근하곤 했잖아. 기획, 운영, 직원 뽑는 거, 비투비 영업까지 실질적으로는 홍성하 팀장이 다 했잖아."

"그렇긴 하죠. 말이 팀장이지 부사장 이상이죠. 대우도 그렇고."

"연봉도 꽤 많죠?"

"그건 비밀인 거 알면서…."

"이런 말 하긴 그렇지만, 직원들 입장에서는 홍성하 팀장이 아니라 사장님이 회사를 떠난 게 그나마 다행 아닌가요?"

"어허, 입조심해!"

여직원들의 이야기를 듣는 동안에도 은황은 마음이 복잡했다.

정말 그냥 우연일까?

은황을 괴롭히던 옆집 강아지는 홍성하가 선물을 보내겠다며 집 주소를 물은 날 갑자기 죽었다. 은황을 괴롭히며 따돌리던 강아희 과장과 성희롱을 일삼던 사장은,

그들의 행동을 남의 일처럼 여기는 듯한 태도에 화가 난 은황이 홍성하에게 심하게 짜증을 낸 날 그런 사고를 당했다.

우연일까? 두 번도 아니고 세 번의 우연이 가능한 걸까? 내가 홍성하 팀장에 대해 모르는 게 있는 걸까?

아니, 생각해보니 그 반대였다. 그녀는 홍성하에 대해 아는 게 거의 없었다. 아는 거라고는 명문대를 나왔고 일을 냉철하게 잘한다는 것밖에는 없었다. 그녀는 홍성하가 술 마시고 주사를 부리는 것도 보지 못했다.

오후에 형사들이 찾아왔다. 먼저 홍성하 팀장과 홍지숙 과장을 회의실로 불러 면담한 뒤 홍지숙 과장에게 이런저런 자료를 요구했다.

형사들은 다른 직원들도 회의실로 차례로 불렀다. 은황도 불려갔다. 하지만 질문은 형식적이었다.

"근래 사장님과 갈등이 있었던 직원이 있습니까?"

"사장님이 돌아가시면 누가 가장 큰 이익을 얻죠?"

은황은 입사한 지 얼마 안 되어 다 모른다고 대답했다.

퇴근 무렵이 되자 회사 단톡방을 통해 여러 가지 사실을 알 수 있었다.

사장은 살해되었다.

사장은 어젯밤 지인들과 술을 마시고 만취했다. 지인들이 인사불성인 사장을 회사 주차장으로 데려가 자동차에 태운 뒤 대리운전을 불렀다. 대리기사가 바로 나타나 차를 몰고 주차장을 떠났다. 하지만 잠시 뒤 사장 지인이 부른 진짜 대리기사가 나타났다. 사장을 태우고 간 자동차는 집에 도착하지 않았다. 그 자동차는 오늘 아침에 부천 어느 길가에서 발견되었다. 자동차 뒷자리에 살해된 사장의 시체가 누워 있었다. 범인은 망치로 사장의 머리를 여러 차례 가격했다. 다툰 흔적이 없었고 돈이나 금품도 사라지지 않았다. 유일하게 사라진 것은 자동차 블랙박스 속의 메모리카드뿐이었다. 이 사건은 살인이 목적인 범죄로 보였다.

퇴근 직전 홍성하가 술 한잔하자고 카톡을 보내왔다.

은황은 마음이 복잡했다.

홍성하 팀장이 저지른 일이면 어쩌지? 그랬다면 이유가 뭘까? 나를 너무 사랑해서? 나에 대한 지나친 집착 때문에?

너무 비약이었다. 설마 홍성하 팀장이…?

퇴근 후 그를 따라 회사 근처 맥줏집으로 갔다.

“어제 사장님과 친구 분들이 여기서 이차를 했다더라

고."

홍성하는 사장이 누군가에게 살해된 것이 별일 아닌 것처럼 말했다.

"사장님이 마지막으로 술 마신 곳이라 생각하니 좀 무섭네요, 여기."

건성으로 대화를 이어가며 생맥주를 몇 잔 마셨다.

"사장님 돌아가신 거 슬프지 않으세요?"

의도가 담긴 질문이었다.

"당연히 슬프지, 어떻게 안 슬프겠어. 그런데 너야말로 별로 안 슬퍼 보이는데?"

"글쎄요? 그리 정든 분이 아니어서 그런가."

"그럴 수도 있겠지."

"살해되었다던데, 어떻게 사람이 사람을 죽일 수 있을까요? 난 동물도 못 죽일 거 같은데. 혹시 동물 죽여본 적 있어요?"

"많아, 어렸을 적에… 개구리, 참새, 물고기, 뱀 등등. 불구덩이에 산 개구리를 던져 넣어서 구워 먹은 적도 있어."

"끔찍하네요."

"뭐가 끔찍해? 식당에서 해물탕 시키면 손님 앞에서

끓는 물에 꿈틀거리는 산 낙지를 넣어 죽어가는 걸 보여주기도 하잖아."

"그것도 끔찍하긴 하죠. 성인이 되어서 동물 죽인 적 있어요?"

"아니. 철없을 때는 놀이처럼 쉽게 죽일 수 있었는데, 성인이 된 뒤로는 못 죽이겠더라고. 군대 있을 때 한번은 중대에서 키우던 돼지를 잡아 식탁에 올릴 일이 있었는데 난 돼지 죽이는 것도 차마 못 보겠더라고. 하지만 사람은 죽일 수 있을 것 같아."

"예에?"

"왜 그리 놀라?"

"그, 그냥…."

"사람은 누구나 사람을 죽일 수 있어. 아무리 착한 사람도 화나면 사람을 죽일 수 있어. 살인이란 게 대부분은 그렇게 일어나지. 악한 사람만이 사람을 죽이는 게 아냐. 평범한 사람도 어떤 분노 때문에 사람을 죽이기도 하지."

"어떤 분노가 사람을 죽일까요?"

은황의 물음에 홍성하는 대답하지 않고 술을 마셨다.

그녀 역시 한동안 아무 말도 하지 않고 술만 마셨다.

술기운이 꽤 올랐다. 은황은 홍성하의 눈을 노려봤다.

"정말 나 좋아하세요?"

의외의 질문이라는 듯이 홍성하가 은황의 눈을 잠시 쳐다봤다. 그러더니 갑자기 은황의 입술에 키스했다. 은황은 어떤 행동도 하지 않고 눈을 감았다.

홍성하가 택시로 은황을 집 앞까지 바래다줬다.

둘은 집 앞에서 다시 긴 키스를 했다.

"이제 우리 진짜 사귀는 거죠?"

은황의 말에 홍성하가 빙그레 웃었다.

"라면 먹고 가도 될까?"

홍성하가 물었다.

"아니, 오늘은 안 되겠어요. 사장님이 살해된 사건 때문에 마음이 편치 않아요."

"나도 그렇긴 해. 오늘 무척 즐거웠어. 내일 회사에서 보자."

비틀거리며 현관에 들어서서 출입문을 닫고 신발을 벗는데 초인종이 울렸다. 현관 옆의 비디오폰을 봤다. 검은 마스크를 쓴 여자가 서 있었다.

이 늦은 시각에 누구지?

은황이 집 안에 들어서자마자 초인종을 누른 걸 보면 그녀를 뒤따라온 것 같았다. 잠시 망설이다가 대답을 했다.

"누구세요?"

"옆집 사람이에요."

목소리로 봐서는 옆집 여자가 맞는 것 같았다. 벽 너머에서 날마다 들려오던 그 목소리였다.

"무슨 일이신데요?"

"옆집 사람에 관해 물어볼 게 있어서요."

옆집 사람?

"506호 남자 말이에요."

506호면 화장실 쪽 옆집이었다. 그 집에 사람이 살고 있다고?

문을 열었다. 마스크를 쓰고 있는 옆집 여자는 눈가 주름으로 보아 쉰 살쯤 되어 보였다.

"밤늦게 미안해요. 저녁때부터 아가씨가 돌아오길 기다렸는데, 오늘따라 늦었네요. 최근에 506호 남자 본 적 있으세요?"

"아뇨. 전 빈집인 줄 알았는데요. 왜 그러시는데요?"

"세상에 이런 끔찍한 일이 있을 수 있어요!"

옆집 여자가 은황에게 항의라도 하려는 것처럼 인상을 쓰며 손에 쥐고 있던 휴대전화의 화면을 켜서 동영상을 보여줬다. 동영상은 밤에 찍은 것이었다. 자동차 보닛이 찍혀 있는 걸로 봐서 자동차 블랙박스 영상 같았다.

휴대전화 화면에 사진처럼 아무 변화가 없는 갈색의 원룸 건물이 한동안 보였다.

"여기를 잘 보세요."

여자가 휴대전화 화면 위쪽을 가리키는 순간 원룸 5층 복도에서 허연 물체가 아래로 떨어지는 것이 보였다.

"며칠 전에 우리 파피욘을 복도에서 집어던져 죽인 새끼가 바로 506호 남자예요."

"예에? 정말요?"

은황은 깜짝 놀라지 않을 수 없었다. 그 이야기를 듣는 순간 홍성하 팀장의 얼굴이 떠올랐다가 사라졌다.

"우리 파피욘 죽인 놈을 찾아내느라 내가 얼마나 고생했는지 몰라요."

옆집 여자가 동영상을 손가락으로 확대해서 다시 천천히 재생했다.

506호로 보이는 원룸의 출입문이 열리고 나서 잠시 뒤 흰색 메리야스만을 입은 남자가 복도 난간으로 다가

와 흰색 개를 난간 너머로 집어던지는 장면이 천천히 재생되었다.

"이런 찢어 죽여도 시원찮을 새끼!"

"경찰에 신고했어요?"

"당연히 했죠. 경찰도 왔다 갔어요. 그런데 이 개자식이 집에 없는지 온종일 초인종을 눌러도 아무 대답이 없어요."

문밖으로 나간 504호 여자가 506호 출입문 앞으로 가서 초인종을 연달아 몇 번 누른 뒤 주먹으로 문을 쿵쿵 쳐댔다.

"야 이 새꺄, 문 열어!"

여자는 대답이 들려오길 기다리지 않고 곧장 다시 은황의 원룸 출입문 앞으로 돌아왔다.

"이 새끼, 집에 있으면서도 없는 척 쇼하는 것일 수도 있어요. 506호에서 무슨 소리가 나면 바로 내게 알려주세요. 화장실 물 내리는 소리가 들린다든지, 방귀 뀌는 소리가 들린다든지, 코 고는 소리가 들린다든지…. 알았죠?"

"예? 예."

"연락처 드릴게요."

옆집 여자가 종이에 적어온 전화번호를 은황에게 건네줬다.

"사실 전화할 필요도 없어요. 저쪽 우리 집 벽만 몇 번 두드리면 바로 건너올게요. 부탁 좀 해요."

"예."

옆집 여자가 출입문을 나서는데 여러 사람이 우르르 달려오는 발소리가 들려왔다.

"뭐, 뭐야?"

밖으로 나가려던 옆집 여자가 몸을 피하듯이 다시 현관 안으로 들어섰다.

조폭같이 생긴 남자들 몇 명이 복도를 달려 지나가는 것이 현관문 틈으로 보였다. 거친 발소리는 곧바로 멈췄다. 506호 앞인 것 같았다.

"김 형사, 초인종 눌러!"

잠시 뒤 급하게 딩동 하는 초인종 소리와 쾅쾅 문을 두드리는 소리가 들려왔다.

"최순석 씨! 안에 있는 거 다 알고 있습니다. 문 열어요!"

최순석? 어디서 많이 들어본 이름인데? 아!

최순석이라는 이름을 기억해내는 순간 은황은 누군가

에게 똥 묻은 손으로 뒤통수를 얻어맞은 기분이었다. 온몸에 소름이 쫙 돋았다.

'최순석'은 며칠 전에 개인적으로 의뢰받은 500만 원짜리 일인칭 성인 소설의 주인공 이름이었다. 설마?

"안 되겠어. 문 부숴!"

최순석이라는 이름을 기억해낸 은황은 가만히 있을 수 없었다. 무슨 일이 일어나고 있는 건지 알아봐야 했다. 밖을 살피고 있는 옆집 여자를 밀치며 문을 조금 더 열고 밖을 살폈다.

손에 쇠파이프를 하나씩 든 덩치 좋은 남자들이 506호 출입문을 포위하고 있었고 손에 노루발을 든, 양복 차림에 운동화를 신은 남자가 노루발 한쪽 끝의 납작한 부분을 출입문 잠금장치 옆 틈에 밀어 넣고 이리저리 쑤셔댔다. 한순간 잠금장치가 부서지며 문이 열렸다. 형사들이 문을 활짝 열어젖히며 집 안으로 뛰어 들어갔다.

"어? 뭐, 뭐야!"

"구급차 불러!"

"이미 죽었습니다."

"몸이 차갑습니다!"

은황은 급히 복도로 나가 출입문이 활짝 열려 있는 옆

집을 들여다봤다. 집 구조가 그녀의 원룸과 정반대였다. 그녀의 원룸 화장실 쪽 벽과 맞붙어 있는 506호 화장실 옆에 형사들이 몰려 있었다. 그리고 형사들 앞에 속옷만 입은 바싹 마른 남자가 엎어져 있었다.

경찰서를 드나들며 이틀 동안 조사를 받았다.

504호 개를 잔인하게 죽인 남자, 강아희 과장을 오토바이로 치어 중상을 입힌 남자, 사장을 망치로 살해한 남자는 동일 인물이었다. 최순석. 홍성하가 아닌 최순석. 사랑한다고 빼꾸기를 날리던 홍성하가 아닌, 얼굴 한 번 본 적 없는 옆집 남자 최순석이었다.

은황이 옆집 남자를 한 번도 본 적이 없듯, 옆집 남자 역시 강아희 과장이나 사장과는 이 사건이 있기 전까지 단 한 번도 만난 적이 없었다.

평생 얼굴을 단 한 번도 본 적 없는 옆집 남자가 얼마 전에 이사 온 딸 같은 옆집 여자를 위해 살인까지 저질렀다는 것을 경찰은 믿으려 하지 않았다. 삼류 언론에서는 은황이 옆집 남자를 가스라이팅 했다느니, 섹시한 목소리로 최면을 걸어 살인 교사를 했다느니 하며 소설을 써서 인기를 끌기도 했다.

"옆집 살인자는 왜 약을 먹은 거죠?"

조사를 받던 은황은 궁금한 점을 형사에게 물었다.

"글쎄요? 우리도 알고 싶군요."

"유서는 없었나요?"

"없었습니다. 이 사건의 유일한 시그니처는, 약을 먹어서 고통이 심했을 텐데 목숨이 끊어지는 그 순간까지도 화장실 쪽 벽에 귀를 대고 있었다는 것뿐…."

은황은 일주일 만에 회사에 출근했다.

홍지숙 과장의 예상대로 사장실은 홍성하의 차지가 되어 있었다. 흑단 원목 책상 위에 '사장 홍성하'라는 새 명패가 단정히 놓여 있었다.

홍성하를 보자 은황은 만감이 교차했다.

은황은 홍성하 사장의 책상 위에 사표를 내려놨다. 자신 때문에 사장이 살해되었는데 계속 회사에 남아 있을 수는 없었다.

홍성하가 자리에서 일어나 위로하려는 듯 은황의 손을 잡았다.

"힘든 일 있으면 언제든 연락해. 내가 다 해결해줄게."

그 말을 듣는 순간 은황의 가슴속에서 뭔가 뜨거운 것이 치밀어 올라 목구멍으로 튀어나왔다.

"개만도 못한 새끼!"

점심 무렵 집으로 돌아온 은황은 캔맥주 하나를 따서 밥 대신 들이켠 뒤 노트북을 들고 화장실로 들어가 옆집 남자에게 의뢰받은 오디오북을 가성이 아닌 자신의 목소리로 녹음하기 시작했다.

제목은 '개 같은 내 인생'이었다.

나를 둘러싼 불운과 연속되는 주변의 악의에 관해 말했다.
민준은 이야기를 듣고는 나를 살포시 안아주었다.
그의 가슴은 따뜻했고, 체취는 향기로웠다.
나를 안은 채 앞으로 자신이 힘껏 돕겠다고 하는 중저음의
나지막한 목소리는 나를 황홀하게 만들었다.
그날 그와 처음 섹스를 했다.

언제나 당신 곁에

홍성호

모든 것이 황폐해졌다.

하늘을 향해 뻗은 첨탑과 망루가 있는 유럽의 작은 성 같은 외양은 불과 몇 년 만에 흉물스럽게 변해 있었다. 자신의 정체성을 말해주듯 걸려 있던 펠리스란 간판에서 글자 하나는 떨어져 나갔고, 눈물에 흘러내린 마스카라처럼 건물 외벽 곳곳에 검회색 빗물 얼룩이 스며들어 있었다. 깨진 창문 사이로 늘어진 커튼은 바람에 너울거리며 유령처럼 손짓했다.

마지막 장소로 이곳을 택한 것은 그나마 즐거웠던 과거의 한순간을 되새기며 잠들고 싶어서였다. 그가 홀연히 떠난 이후 연달아 찾아오는 불운과 세상의 악의 때문에 나는 끝을 알 수 없는 바닥까지 침잠하게 되었고, 이젠 회복 불능 상태가 되었다.

오랜 시간 불면에 시달리며 해결 방법을 고민했지만, 결론은 하나였다.

마지막 시간을 함께할 수면제와 번개탄을 토드백에 넣고 차문을 열었다. 그와 자주 이용하던 5층 슈프림룸으로 올라가기 위해 건물 출입문 앞에 섰다. 출입문에는 출입 금지라는 경고문을 걸어놓고, 손잡이를 굵은 쇠사슬로 엮어 큼지막한 자물쇠로 잠가놓았지만, 누군가 강화유리문 한쪽을 완전히 박살 내서 경고문과 자물쇠는 아무런 역할도 하지 못했다.

유리 파편을 밟으며 불빛 없는 건물 안으로 몇 걸음 들어갔다. 밖과 전혀 다른 서늘하고 곰팡이 냄새 섞인 축축한 공기가 순식간에 온몸을 휘감았다. 소름이 돋았다.

두려움이 엄습했지만, 이내 피식 웃음이 나왔다.

죽으러 제 발로 걸어온 사람이 무서움을 느낀다고?

감정의 부조화 때문에 혼돈이 찾아왔다. 잠시 제자리에서 더 들어가야 할지 돌아나가야 할지 생각했다. 선택은 어렵지 않았다. 몸과 마음이 동시에 밖을 가리켰다. 죽음이 두려운 게 아니었다. 음습하고 냄새나는 곳에서 생을 마감하기는 싫었다.

밖으로 나와 세워둔 BMW로 도로 들어갔다.

차창 밖으로 펼쳐지는 산 아래 풍경은 언제나 그랬듯이 평화로웠다. 멀리서 소리 없이 흐르는 북한강을 한동안 바라봤다. 얼마나 시간이 흘렀을까.

차에서 내려 번개탄에 불을 붙였다. 연기가 잦아들었을 무렵 번개탄을 차 안에 들여놓고, 눈을 감은 채 수면제를 천천히 한 알씩 삼켰다.

그때.

운전석 문이 벌컥 열렸다.

난데없이 한 남자가 나타났다.

목소리를 높이며 나를 차에서 끌어내는 남자를 바라봤다. 군더더기 없는 늘씬한 몸에 날카로운 턱 선을 가진 남자. 익숙한 얼굴이었다.

홀연히 사라졌던 예전 애인이 돌아왔다!

그날 그 장소에서 처음 본 겁니다.

그곳에 간 것은 유튜브 촬영 때문이에요.

제대하고 복학 전에 시간이 남아 심심하기도 하고, 등록금이라도 벌어볼까 하는 생각에 유튜브를 시작했어요.

영적인 존재를 다루는 콘셉트였는데 폐가 탐방, 공포 체험 같은 거였어요. 어렸을 적부터 그런 쪽에 관심이 많아서 자연스럽게 그쪽 방향으로 콘셉트를 잡았습니다. 뭔가 파헤치고 조사하는 게 적성에 맞는 거 같아서요. 유튜브를 시작하고 재미 삼아 무당집을 찾은 적도 있었는데, 무당이 저를 보더니 귀신이 잘 붙게 생겼다고 했어요. 그 이야기를 듣고 무섭기도 했지만, 한편으론 제가 방향을 잘 잡은 것 같아 만족했죠.

그 모텔은 인터넷으로 검색해 찾은 겁니다. 그 지역에 고속도로가 뚫린 이후 내비게이션이 빠른 길로 고속도로만 추천하는 바람에 국도를 이용하는 차들이 줄어들었고, 국도변에 있는 모텔이 많이 망했어요. 그 모텔도 예외는 아니었어요. 장사가 안 돼 문을 닫은 거였죠. 그 모텔이 주변 모텔보다 더 빨리 망한 데는 다른 이유가 있었어요. 사람이 죽었거든요. 투숙객이 자살을 한 거죠. 그 사건은 지방 신문에 실리기도 했어요.

유튜브로 많은 돈은 아니지만 용돈 정도는 벌었어요. 통장에 수익금이 입금되니 더 열심히 이 일을 하게 되었죠. 그래서 좀 더 사연이 있고 으스스한 건물을 찾게 된 거예요. 구독자들이 그런 걸 선호하니까요. 그 모텔은 그런 콘셉트에 딱 맞았습니다. 외관이 성처럼 생겨 고풍스러운 맛이 있고, 폐가처럼 변해 있어 공포심을 자아냈어요. 게다가 사람이 죽어 나갔다는 스토리텔링도 갖추고 있어서 유튜브로 방송하기에는 최상의 장소였습니다.

촬영을 위해 모텔에 도착했을 때 주차장에 차 한 대가 서 있었어요. 누구일까 궁금했습니다. 모텔과 관련된 사람일 수도 있고, 저와 같은 유튜버일 수도 있어서 일단 건물 뒤편으로 돌아가 모퉁이에 몸을 숨긴 채 사람이 나올 때까지 주차장에 세워둔 차를 바라보고 있었어요.

한 5분 정도 그러고 있었을까요. 모텔에서 여자가 나왔어요. 아직 해가 있는 늦은 오후였지만, 여자 혼자 그 시간에 흉가처럼 변한 모텔에서 나온다는 건 예삿일이 아니라고 생각했어요. 뭔가 범죄하고도 관련된 것일 수 있다는 생각이 불현듯 들었어요. 여자의 행동을 계속 관찰했습니다.

예상처럼 여자는 수상한 행동을 했어요. 한동안 차 안에서 멍하니 밖을 바라보고 있다가 차에서 내려 번개탄에 불을 붙이더니 연기가 사그라질 무렵 다시 차에 갖고 타더라고요. 그때 알아차렸습니다. 여자는 자살하기 위해 모텔을 찾은 게 확실했어요.

순간 욕심이 생기더라고요. 부끄러운 이야기지만, 그 영상으로 돈벌이가 될 것 같다는 생각도 잠깐 했습니다. 하지만 곧 마음을 접었어요. 법적으로, 도덕적으로 올바른 행동은 아닌 거 같더라고요.

그런 생각을 접자 또 다른 생각이 들었어요. 내가 과연 여기서 여자의 자살을 막는 것이 맞는지, 아니면 어차피 모르는 사람이니까 그냥 자리를 뜨는 게 맞는지 말이에요. 그런데 아무리 생각해도 그냥 그 자리를 뜰 수 없었습니다.

마음을 정하자마자 즉시 뛰어가 차문을 열고, 강제로 끌어냈죠. 그 여자는 축 처진 몸을 내게 의지하면서 희미하게 미소를 지었습니다. 수민 씨와 저의 첫 만남은 그렇게 우연히 시작된 겁니다. 그리고 저의 올바른 판단 덕분에 수민 씨는 살아난 거였죠.

그런 인연으로 수민 씨와 종종 연락을 하게 되었어요. 사건 이후 수민 씨를 처음 만났을 때, 수민 씨는 생명의 은인이라며 저에게 몇 번이나 고개를 숙이고는 사례금을 건넸어요. 자신을 구해준 고마움의 표시라고 하면서요. 그렇게 사례를 받으니 제가 대단한 일을 한 것 같기도 하고, 한 생명을 구했다는 자부심에 어깨가 으쓱해졌어요.

그날 만남으로 서로 기분이 좋아졌고, 술자리까지 이어졌습니다.

자살 시도를 한 사람이라서 기본적으로 우울한 성격일 거라고 예상했는데, 의외로 수민 씨는 활기가 넘치는 사람이었어요. 특별한 인연으로 만나게 된 수민 씨와 저는 스스럼없는 사이가 되었습니다. 연락도 자주 하고, 만나서 술도 마시고요. 물론 수민 씨가 저보다 연상이었지만, 오히려 그 점이 또래 여사친에게는 느낄 수 없는 편안함으로 다가왔어요. 수민 씨는 이것저것 잘 챙겨주는 누나 같은 여자였습니다.

몇 번 만나고 나서 조심스럽게 그날 일을 수민 씨에게 물었어요. 왜 그랬냐고요. 수민 씨는 담담하게 학창 시절부터 최근의 일까지 이야기했습니다. 그 이야기를 듣고 나니 수민 씨가 불쌍하게 느껴졌어요. 수민 씨를 돕고 싶다는 생각이 들었습니다.

제대로 정신을 차리고 나서야 나를 떠난 남자가 되돌아온 게 아니라는 걸 알았다.

다행인지 불행인지, 나는 다시 살아났다. 이게 운명인 것 같다. 어쩌면 이 세상에 남아 있으라는 신의 계시일 수도 있다. 신의 선택을 받았다고 생각하자 기분이 좋아졌다. 그리고 신의 사자로서 내 목숨을 연장해준 민준을 떠올리자 나도 모르게 입꼬리가 씰룩 올라갔다. 민준을 예전에 내 곁을 떠난 남자로 착각했던 것은 둘이 풍기는 이미지가 닮았기 때문일 것이다.

이번 일을 계기로 나는 민준과 자주 만나는 사이가 되었다. 그에게서 방출되는 강렬한 에너지는 내 삶에 활력을 불어넣어주었다. 그는 언제나 호의적이었고, 내 말을 잘 들어주었다. 나이는 나보다 어리지만 나의 충실한 카운슬러가 되어주었고, 어느 순간부터 묻지도 않았는데 내 비밀을 하나씩 그에게 털어놓기 시작했다.

학창 시절 집에서 받았던 학대와 학교에서 괴롭힘과 왕따를 당했던 경험들까지 내가 살아오면서 겪은 일들을 누군가에게 이야기할 수 있어 좋았다. 그런 이야기를 하면서 눈물을 보일 때마다 그는 내 손을 잡아주거나 어깨를 토닥여주었다. 그의 손은 항상 따뜻했다.

이야기를 시작하자 멈출 수 없었다. 돈을 조금이라도 아껴보려고 중고차 시장을 찾았다가 악덕 업자를 만나 하자 있는 차를 강제로 떠안게 되어 분노했던 일. 하루도 끊이지 않는 층간 소음에 시달리다가 항의하러 위층에 올라갔는데 도리어 폭행을 당했던 일. 그 집에서 도망치듯 이사하고는 사기꾼 부동산 사장의 말을 철석같이 믿고 전세로 들어갔다가 집이 경매로 넘어가 전세금을 떼이고는 좌절했던 일. 그리고 사라진 예전 애인 이야기까지.

나를 둘러싼 불운과 연속되는 주변의 악의에 관해 말했다. 민준은 이야기를 듣고는 나를 살포시 안아주었다. 그의 가슴은 따뜻했고, 체취는 향기로웠다. 나를 안은 채 앞으로 자신이 힘껏 돕겠다고 하는 중저음의 나지막한 목소리는 나를 황홀하게 만들었다.

그날 그와 처음 섹스를 했다.

마음의 짐을 덜어놓고 홀가분한 마음으로 그를 맞이했다. 그는 나를 격하게 껴안아주었다. 급속도로 가까워진 우리 사이가 조금은 불안하기도 하지만, 지금 내 곁에 그가 있어 행복하다. 그의 곁에 영원히 잠들고 싶다.

섹스를 하면서 이제 나도 그를 위해서 뭔가 해야 한다는 의무감이 생기기 시작했다.

그날 이후 민준을 위해 경제적으로 많은 것을 도와주었고, 그도 나의 배려에 고마움을 표시했다.

수민 씨는 신축 투룸 오피스텔에 살고 있었어요. 그동안 사기꾼들 때문에 여러 차례 경제적 손실을 입었지만 공무원이라는 안정적인 직업을 가지고 있어서 그런지 금세 회복한 것 같더라고요. 수민 씨가 솔깃한 제안을 하나 했습니다. 오피스텔을 월세로 얻어줄 테니 숙식을 하면서 영상 편집 공간으로 쓰라고 말이죠. 그렇지 않아도 부모님 눈치를 보며 좁은 방에서 유튜브 영상을 편집하느라 불편했는데 저에겐 좋은 기회가 아닐 수 없었습니다.

부모님한테는 아르바이트를 하며 대학 동기와 자취를 한다고 적당히 둘러대고 짐을 챙겨 오피스텔로 들어갔어요. 확실히 나만의 독립된 공간이 생기니까 일의 효율이 오르더라고요. 그동안 모아둔 돈을 들여 오피스텔을 그럴싸한 스튜디오로 싹 바꿔버렸습니다. 카메라나 마이크 같은 장비도 좋은 걸로 들여놓았죠. 이 과정에서 돈이 모자라 수민 씨에게 돈을 빌리기도 했어요.

저는 약속하면 반드시 지키는 사람입니다. 수민 씨가 오피스텔 월세를 내주고, 장비를 사는 데 돈을 보태줘서 그런 말을 하는 게 아니라, 제가 평소 가지고 있던 신조가 그렇습니다.

수민 씨와 섹스를 한 후 그녀를 둘러싸고 있는 불운을

없애주겠다고 했어요. 일단 작은 것부터 제자리에 돌려놓을 수 있는 건 제자리에 돌려놓겠다고 말했습니다. 어떻게 그런 자신감이 생겨서 약속했는지 모르겠어요. 그래도 맨땅에 헤딩하는 건 아니었습니다. 내심 저도 믿는 구석이 있었죠. 유튜브 채널을 운영하다 보면 다른 유튜버들과 만날 기회가 생기는데, 평소 만나던 중고차 유튜브 채널을 운영하는 형이랑 부동산 유튜브를 하는 형이 머릿속에 떠올랐거든요.

수민 씨는 굳이 수고롭게 그럴 필요 없다고 만류했어요. 하지만 입 밖으로 낸 약속은 반드시 지켜야 한다는 나 자신과의 약속을 파기할 수 없었어요. 먼저 수월하다고 생각되는 일부터 시작했습니다.

우선 중고차 사기를 쳤던 놈을 만나기로 했어요. 중고차 유튜버 형과 함께 수민 씨가 차를 구매한 매매 단지의 상사를 찾았습니다.

수민 씨 차는 중고 BMW였는데, 중고차 유튜브 형이 살펴본 바로는 침수 차량이었어요. 차 외관은 아무런 문제가 없었지만, 운행 중 시동이 자주 꺼지는 결함이 있는 차였습니다. 제대로 수리하려면 수천만 원이 들어가는 차였죠. 거저 줘도 안 가져갈 만한 차였는데 차에 대해 잘 모르는 수민 씨가 눈탱이 맞은 겁니다.

상사 직원을 만나 형이 중고차 유튜브를 운영하고 있다는 걸 먼저 알리고, 차를 속여서 팔았으니 전액 환불하라고 요구했죠. 그렇지 않으면 사기로 경찰에 고소해서 전과자로 만들겠다고 엄포를 놓았습니다.

그런데 직원으로부터 예상치 못한 답변이 돌아왔습니다. 수민 씨가 침수 차량인 걸 알고 샀다는 거였습니다. 처음엔 거짓말인 줄 알았는데, 직원이 들이미는 매매 계약서와 통장에 입금된 구매 금액을 보니 고개를 갸웃하게 되었습니다.

중고차 유튜버 형의 말로는, 통상 매매 단지에서 거래되는 침수 차량 시세대로 구매를 했다는 겁니다. 직원이 옆에서 한마디 거들더군요. 수민 씨가 차를 싸게 사고 싶으니 침수 차량이지만, 외관이 번듯한 수입차를 구해달라고 했다는 겁니다. 그래서 침수 차량을 시세대로 싼 가격에 팔게 되었고, 그 차를 팔면서 잔고장이 많이 날 수 있다는 점과, 중요 부품을 통째로 교체하면 수리비가 엄청 나올 수 있다는 점도 고지했다고 합니다. 직원이 말한 내용은 아예 매매 계약서 특약사항에 기재되어 있더라고요. 그날 저와 형은 무안만 당한 채 매매 상사를 나왔습니다.

좀 찜찜한 기분은 있었지만, 그때까지만 해도 수민 씨가 뭔가 착각한 거라고 좋게 생각했어요. 수민 씨에겐 중고차 매매 상사는 바빠서 가지 못했다고 둘러댔죠. 그리고 며칠 후 부동산 유튜브를 운영하는 형을 만나기로 했어요. 혹시 예전에 수민 씨가 떼인 전세 보증금을 받을 수 있을까 해서요.

그런데 문제가 생겼어요. 수민 씨에게 사기꾼 부동산 사장을 만나보겠다고 하자, 이미 끝난 일이라며 그럴 필요 없다고 했어요. 부동산 주소를 알려주지 않더라고요. 수민 씨 말이 틀린 건 아니었지만, 중고차 매매 상사에서 있었던 께름칙한 일 때문에 한번 확인해보고 싶은 생각이 들었어요.

수민 씨가 잠들었을 때 몰래 수민 씨 스마트폰 주소록을 뒤져봤어요. 부동산 전화번호가 몇 개 나오더라고요. 그 번호들을 내 스마트폰에 저장하고는 다음 날 유튜버 형을 만났습니다.

저장된 부동산 전화번호로 모두 전화를 걸어 수민 씨가 예전에 살던 집을 계약했던 부동산을 찾아냈고, 형과 함께 그곳을 찾았습니다. 그리고 그곳에서도 의외의 이야기를 들었습니다.

결론부터 말하자면, 수민 씨는 경매로 보증금을 떼인 억울한 세입자가 아니었습니다. 부동산에 문외한인 저는 부동산 사장의 말을 그 자리에서 바로 이해하지 못했고, 나중에 유튜버 형의 설명을 듣고서야 비로소 그 내용을 파악할 수 있었어요.

수민 씨는 대출이 꽉 차 있고 집주인이 이자를 낼 여력이 없어 경매에 들어갈 위험이 있는 집을 찾아 들어간 거였어요. 곧 집을 날려버릴 집주인은 수민 씨로부터 보증금 몇천만 원과 매달 월세 얼마간을 챙길 수 있어 좋고, 수민 씨는 불안하긴 하지만 경매로 새로운 주인이 나타나기 전까지 말도 안 되는 싼 보증금과 월세로 넓은 집에서 살 수 있었기 때문이죠.

물론 수민 씨는 보증금도 건질 수 있었습니다. 정부에서 보장하는 소액 임차인 최우선 변제 제도를 이용해 보증금을 낙찰 금액에서 우선적으로 배당받을 수 있었으니까요. 그러니까 모두 계산하고 들어간 것이었습니다.

수민 씨 이야기가 전부 거짓말은 아니었습니다. 세 들어 살던 집이 경매로 날아간 것은 사실이니까요. 하지만 이야기의 가장 핵심적인 부분에서는 사실과 완전히 달랐죠. 중고차 이야기도 마찬가지였고요.

전 의구심이 들었고, 뭔가 파헤치고 조사하는 걸 좋아하는 제 특유의 기질이 어김없이 발동했습니다. 부동산에서 보여준 계약서에 적힌 수민 씨의 전 주소를 보고, 경매로 날아간 집으로 이사 오기 전에 살았던 곳으로 찾아갔습니다. 층간 소음으로 억울하게 폭행을 당하고 쫓겨나듯 이사했다는 말도 믿을 수 없었기 때문이죠.

전 주소지를 찾아 마치 탐정이라도 된 것처럼 관리 사무소 직원, 경비 아저씨, 동 주민들을 상대로 수민 씨가 말했던 층간 소음으로 인한 폭행 사건에 관해 알아봤어요. 아니나 다를까 그곳에서도 비슷한 패턴의 이야기를 들었습니다. 대부분의 이야기는 맞지만, 가장 중요한 부분이 비틀어져 있는 이야기 말입니다.

그런데 이전 이야기와 달리 폭행 사건은 조금 심각했습니다. 수민 씨 윗집에는 거동이 불편한 할아버지와 그의 부인이 살고 있었어요. 다리가 불편한 노인은 실내에서 보행 보조 기구를 사용했는데, 그 소리가 쿵쿵거린다면서 수민 씨가 수시로 올라와 항의를 했대요. 처음에 노부부는 자신들의 처지를 설명하고 사과하며 양해를 구했지만, 수민 씨는 전혀 이해해줄 생각이 없었습니다.

수민 씨는 이후에도 매일같이 항의하러 윗집으로 올라갔고, 결국 노부부가 폭발했습니다. 젊은 사람이 너무한다고 말이죠. 수민 씨도 물러서지 않았습니다. 노부부를 거세게 밀치며 욕지거리를 했어요. 그 난리에 옆집 아저씨, 경비원, 관리 사무소 직원이 몰려들었고, 노부부에게 달려들려고 하는 수민 씨를 억지로 떼어놓았습니다. 결국 그 일로 경찰까지 출동했습니다. 신고자는 수민 씨였고요. 싸움을 말리는 과정에서 남자들이 자신의 몸에 손을 대고 폭행까지 했다고 말이죠.

저는 이해할 수 없지만, 그때 일로 옆집 아저씨는 상해혐의로 벌금까지 냈다고 합니다. 옆집 아저씨가 손목을 꺾어 멍이 들었다며 진단서를 경찰서에 제출했기 때문이죠.

그날 이후 수민 씨와 적당히 거리를 둬야겠다는 생각을 하게 되었습니다.

비록 확인하지는 못했지만, 수민 씨가 말했던 학창 시절 집에서 받았던 학대와 학교에서의 왕따 그리고 사라진 예전 남자 친구 이야기까지 모두 거짓말로 느껴졌으니까요.

나에 관해 너무 많은 이야기를 한 것 같다. 그가 내 스마트폰을 몰래 검색하는 모습을 잠자는 척 실눈을 뜨고 바라보고만 있었던 게 나의 실수였다. 그때 자리에서 일어나 스마트폰을 빼앗았어야 했는데.

어느 날 부동산 사장으로부터 전화가 왔다. 내 동생이라는 남자 두 명이 사무실로 찾아와 경매로 떼인 내 보증금을 찾을 수 있느냐며 이것저것 묻고 갔다는 내용이었다. 부동산 사장은 퉁명스러운 목소리로 상황을 다 알고 그 집에 싸게 들어갔고 보증금도 다 돌려받지 않았느냐며, 이제 와서 사람들을 보내 쓸데없는 소리 하지 말라며 전화를 끊었다.

민준이 생각보다 의심이 많고 집요한 구석이 있는 것 같다. 나를 위해 뭐든지 돕겠다고 해서 남자의 호기로운 다짐일 뿐이라고 생각했는데, 이런 식으로 정말 행동할 줄은 전혀 예상하지 못했다.

부동산 사장의 전화를 받은 후 민준에게 더 잘해주어야겠다는 생각이 들었다. 그에게 여태 베풀어준 것보다 더 많은 것을 제공해주어야 한다. 그래야만 그가 딴생각을 하거나 이상한 행동을 하고 다니지 않을 테니까.

부동산 사장으로부터 전화를 받은 날 저녁 내 집과 같

은 오피스텔 건물에 있는 민준의 작업실을 찾았다. 그는 평소와 다른 눈빛으로 어색하게 나를 맞이했다. 그의 눈빛에는 의구심 같은 게 서려 있었다.

지갑에서 현금카드를 꺼내 그에게 건넸다. 매달 일정 금액을 넣어줄 테니 유튜버로 활동하면서 용돈으로 쓰라는 말을 했다. 처음에는 자신도 돈을 번다며 사양하더니, 거듭되는 나의 권유에 잘 쓰겠다는 인사와 함께 카드를 받았다. 나는 속으로 웃지 않을 수 없었다. 애나 어른이나 돈 앞에서는 예외 없이 금세 고개를 수그린다. 역시나 그도 마찬가지였다.

민준이 카드를 지갑에 넣는 걸 보며 인간의 속물근성을 다시 한번 확인했다. 나는 과거는 모두 잊었고 더는 개의치 않는다고, 예전에 민준에게 했던 과거 이야기는 넋두리 정도로 생각하라고 넌지시 말했다. 그는 잠시 생각하는 듯하더니 이내 무표정한 얼굴로 고개를 끄덕였다.

나는 편의점에서 사온 술과 안주를 꺼냈다. 민준의 오피스텔은 작업실이기도 하지만, 우리의 밀회 장소이기도 했다. 캔맥주를 건네며 요즘 무슨 영상을 찍고 다니는지, 누구와 만나는지 물었다. 그는 요즘은 소재가 고갈되어서 영상을 전혀 찍지 못했고, 종일 작업실에만 콕 박혀 있다고 시큰둥하게 대답했다. 부동산을 찾아갔다는 이야기는 없었다.

솔직하게 부동산을 다녀왔고 어떤 일이 있었다는 이야기를 했으면 마음이 편했을 텐데, 그곳을 찾은 것에 대해서 일절 함구하고 있으니 그가 무슨 생각을 하고 있는지 알 수 없어 불안해졌다. 부동산 사장과 오늘 통화한 사실을 먼저 이야기할 수도 없는 노릇이었다.

겉도는 이야기가 계속되고, 책상 위에 우그러뜨린 맥주 캔 수가 늘어났다. 나는 어색한 분위기를 바꿔보고 싶었다. 그의 곁으로 다가가 허벅지를 쓰다듬으며 지퍼를 내렸다. 민준이 내 손을 잡았다. 그는 평소와는 확연히 다른 차가운 손으로 내 손을 밀어냈다.

그의 반응에 순간 당황했다.

민준은 벌게진 얼굴로 나를 쏘아보듯이 바라봤다.

웬만하면 안 쓰려고 했지만, 어쩔 수 없이 수민 씨가 준 카드를 썼어요. 제 유튜브 채널이 모니터와 카메라 앞에 가만히 앉아서 입만 터는 방송이 아니고, 흉가 체험을 하는 방송이라서 전국 이곳저곳 돌아다니려면 차가 필요했어요. 수민 씨가 자신의 BMW를 타고 다니라고 했지만 침수 차량이라 꺼려졌죠.

그래서 중고차 유튜버 형을 통해 괜찮은 중고 SUV를 샀습니다. 차는 할부 금융을 통해 샀는데, 생각보다 매달 돈이 제법 들어가서 부담이 되더라고요. 차 할부금 말고도 기본적으로 들어가는 생활비도 있으니까요. 수민 씨 카드는 배달 음식을 시키거나 친구들과 만나서 술을 마실 때 그리고 옷 사는 데 사용했어요.

카드를 받은 날, 수민 씨는 카드를 주면서 저의 근황을 물었어요. 평소에도 그런 대화는 많이 했지만, 그날따라 며칠 사이 무얼 하고 다녔는지 꼬치꼬치 묻더군요. 전 일부러 중고차 매매 상사를 찾아간 일이나 부동산 사장을 만나고 온 일을 말하지 않았습니다. 수민 씨가 뭔가 눈치채고 확인하기 위해 묻는 것 같았거든요.

수민 씨는 단도직입적으로 묻기 전에는 제가 대답하지 않을 걸 알았는지 묻는 것을 포기하고 스킨십을 하면서 저에게 달라붙었어요. 예전 같았으면 술을 마시고, 코스처럼 섹스를 했겠지만, 그날은 달랐어요. 제가 알게 된 불쾌한 사실과 그로 인한 의구심 때문에 몸이 달아오르지 않았습니다. 점점 커지는 건 성적 욕망보다는 그녀에 대해 더 자세히 알아야겠다는 욕구였어요.

저는 수민 씨를 떼어놓고 그녀의 이야기 중 이번 자살 시도의 직접적인 동기가 되었다고 말했던 전 애인과의 이별에 관해 자세히 물었습니다. 그녀를 버리고 홀연히 사라졌다는 그 남자에 대해서 말입니다. 언제, 왜, 어떻게 헤어졌는지 물었습니다. 제가 불시에 정색하며 단도직입적으로 묻자, 그녀는 어쩔 줄 몰라 했습니다.

사실 그걸 노린 거였죠. 예상치 못한 시간과 장소에서 이런 질문을 받는다면 즉석에서 이야기를 꾸며내기 힘들기 때문입니다. 내 질문에 수민 씨는 그동안 저에게 간략하게 이야기했던 사실, 그러니까 전 애인이 연락도 없이 사라졌고 전화번호도 바꾸고 살던 집에서도 이사를 가서 지금까지 연락이 안 된다는 이야기에 좀 더 살을 붙인 이야기를 했습니다.

전 애인이 수민 씨에게 돈을 빌리고 수민 씨 명의로 신용 대출까지 받아 모조리 써버린 후 종적을 감췄다는 이야기였습니다. 나중에 알고 보니 그 사람은 신용 불량자였다고 합니다. 이야기를 듣고 난 후 돈을 노리고 계획적으로 접근한 사기꾼 같은데, 왜 경찰에 신고하지 않았느냐고 수민 씨에게 물었습니다. 그러자 수민 씨는 그 남자는 자신을 진심으로 사랑했다고 말했습니다. 그러면서도 사랑했던 남자가 말도 없이 떠나버렸는데, 왜 더 적극적으로 찾지 않느냐는 나의 물음에는 아무 대답도 하지 못했습니다.

전 수민 씨를 자극하고 싶었습니다.

알고 있는 사람과 유튜버들을 총동원해서 온라인, 오프라인을 통해 사라진 옛 애인을 찾아주겠다고 말이죠.

그 말에 수민 씨가 격렬하게 반응했습니다. 벌컥 화를 내며 시키지도 않은 일을 벌일 생각 같은 건 하지 말라고 소리치고는 성난 얼굴로 작업실 문을 박차고 나갔습니다. 생각지도 못한 수민 씨의 반응에 놀랐습니다.

그날 화난 얼굴로 방을 뛰쳐나가는 수민 씨의 뒷모습을 보며 결심한 게 있었습니다.

수민 씨의 전 애인을 찾아 그의 이야기를 들어보는 것 말입니다.

어떻게 알아차린 것인지 짐작도 가지 않는다.

내가 그에게 여태 했던 말들을 아무리 되새겨봐도 그 사건과 연결고리가 될 만한 이야기는 하지 않은 것 같은데 말이다.

그 사건을 어떻게 알았는지는 모르지만, 그가 지금 무

는 일을 벌이고 다니는지 내가 알 수 있다는 것이 그나마 다행이다. 더는 전 애인에 관해 알아볼 생각을 하지 말라고 경고하고 그의 방을 나온 이후, 혹시나 하는 마음에 그의 작업실에 몰래 녹음기를 설치해놓은 덕분이다. 같은 오피스텔에 있어 그가 작업실에 있는지 없는지 정도는 쉽게 확인할 수 있었다. 비밀번호를 누르고 작업실에 들어가서 녹음기를 놓아두고 회수하는 건 일도 아니었다.

퇴근 후 회수한 녹음기를 틀어보는 것이 일과처럼 되었을 무렵, 민준이 상대방을 기자라고 부르며 통화하는 내용이 녹음된 것을 듣고는 그가 모든 것을 알 때까지 얼마 남지 않았다는 것을 깨달았다. 모든 사실을 알게 되면 그는 떠날 것이다.

내가 먼저 그에게 사건에 관해 이야기해볼 생각도 했다. 하지만 결론은 달라지지 않을 것이다. 그는 떠난다.

예전 애인이 떠난 후 그 때문에 떠안게 된 빚을 해결하느라 고생했다. 그가 떠난 후 신경이 예민해져 위층 노인과 자주 싸우게 되었고, 살던 집에도 정이 떨어졌다. 어차피 빚을 청산하기 위해 집을 팔 계획이었다. 그래서 살던 아파트를 정리해 어느 정도 빚을 갚고, 원래 가지고 있던 차도 판 뒤 값싸지만 남에게 무시당하지 않을 만한 차를 중고로 구매했다. 그러고는 경매에 들어갈 만한 집을 수소문해 값싸게 살면서 악착같이 돈을 모았다.

신축 투룸 오피스텔에 월세로 들어가면서 간신히 재기에 성공했다고 생각했다. 하지만 가슴속에 들어차는 것은 안도감이나 성취감이 아니었다. 무얼 위해 이렇게 돈을 모아야 하는가를 스스로 묻게 되었고, 곧이어 허무한 감정이 밀려왔다. 나를 떠나간 그의 빈자리가 여전히 컸다. 나는 그를 진심으로 사랑했다.

애당초 그와 나는 영원히 함께할 수 없었을는지도 모른다. 나보다 열두 살 어린 그를 컨트롤하기 힘들었다. 커피숍, 편의점, 노래방. 그가 벌인 사업은 언제나 지지부진했다. 개업하고 얼마 안 가 이런저런 핑계로 문을 닫거나 손해를 보고 다른 사람에게 넘겼다. 그나마 경제적 손실은 그런 대로 견딜 만했다. 하지만 다른 여자를 만나고 다니는 건 참을 수 없었다.

그래도 나는 여전히 그를 사랑했고, 그 남자를 소유하고 싶었다.

경제적 한계에 다다랐을 때, 그가 곧 떠날 것 같은 예감이 들었다. 중요한 결심을 하지 않을 수 없었다.

그날 일은 사고였다.

잠에서 깨어나 보니 병원이었다. 내 옆에 있어야 할 그를 찾았지만, 간호사로부터 그가 영안실에 누워 있다는 이야기를 들었다.

잊으려 했지만 그와 그날 일은 잊을 수가 없었다.

그렇게 몇 년이 흘러 더는 버티지 못하고 그에게 속죄하기 위해 그 장소를 찾았다.

그곳에서 운명처럼 그와 닮은 민준을 만났고, 그를 사랑하게 되었다. 그와 몇 달 동안 달콤한 시간을 보내며, 행복한 미래를 그리기도 했다. 하지만 이제 민준도 내 곁을 떠나려고 한다. 나에게 행복 따위는 허락되지 않는 것 같다. 두 번 실수는 없다. 이번에는 반드시 그를 소유하고 말 것이다.

불현듯 영감이 떠올랐다.

그를 영원히 소유하기 위해서는 미리 준비해둘 것이 있다.

수민 씨 예전 애인을 찾아 나서겠다고 마음먹었지만, 어디서부터 그를 찾아야 하는지 갈피를 잡을 수가 없었어요. 유튜브를 통해 현상 광고를 해볼까도 생각했지만, 내막을 자세히 모른 채 섣불리 그런 일을 했다가는 명예

훼손으로 걸릴 수도 있어 실행에 옮기기가 쉽지 않았어요. 그렇지 않아도 새로운 유튜브 영상 찍을 곳을 찾느라 힘들었는데, 수민 씨 애인을 찾을 생각까지 하니 머리가 터질 지경이었습니다.

수민 씨를 처음 만났던 때로 기억을 더듬었어요. 전에 사귀던 사람에 관한 작은 단서라도 찾을 수 있을까 해서 말입니다. 그렇게 시간을 거슬러 올라가다 보니 여태 깊이 생각해보지도 않고, 수민 씨에게 묻지도 않은 사실이 있다는 걸 깨달았죠.

수민 씨가 자살 장소로 왜 그곳을 선택했을까 하는 사실 말이에요. 그걸 지금 와서 수민 씨한테 묻는다고 솔직하게 말해줄 것 같지는 않았습니다. 분명히 수민 씨 과거와 연관이 있는 장소로 추정되는데, 왜 그런 흉물스러운 공간과 수민 씨가 관련되어 있는지 알 수 없었어요.

수민 씨를 처음 만났던 장소인 모텔을 머릿속에 계속 그리고 있자니 떠오르는 게 하나 있었습니다. 예전에 공포 체험 촬영 장소로 그 모텔을 인터넷으로 찾았을 때 같이 검색했던 신문 기사가 기억났죠. 그 모텔에서 일어났던 자살 사건 말입니다. 그 기사를 다시 검색해보았습니다. 그 기사를 찾아 자세히 읽어보니 처음 읽었을 때와는 달리 어떤 남자가 자살했다는 사실 이외에 다른 내용도 눈에 들어왔습니다.

모텔 객실에서 한 쌍의 남녀가 번개탄을 피워놓고 동반 자살을 시도했는데, 20대 후반의 남자는 죽고, 40대 초반의 여자는 생명이 붙어 있는 채로 모텔 관리인에게 발견되었다는 내용이었습니다. 기사를 몇 번이나 다시 읽고 나서 그 기사가 뜻하는 바를 깨달은 저는 등골이 서늘해지는 것을 느꼈어요.

그 기사에 나오는 40대 초반의 여자. 바로 수민 씨였습니다.

더 확실한 사실을 확인하기 위해 기사 말미에 있는 기자의 이메일 주소로 연락을 했죠. 자초지종을 설명하고 제 전화번호를 남겼습니다. 기사를 작성한 기자로부터 금세 연락이 왔습니다. 그 기자에게 기사에서 다루지 않은 사실과 여자에 관한 자세한 정보를 물었습니다. 기자는 예전 취재 수첩을 찾아 내용을 확인해주었습니다. 기사에 나오는 40대 초반의 여자가 장수민이라는 여자이며, 평소 불면증으로 수면제를 복용했는데 그날은 수면제 용량이 적었는지 깊이 잠들지 않았고, 의식이 있는 상태에서 본능적으로 객실을 기어 나왔다는 거였어요. 복도에서 모텔 관리인에게 발견된 수민 씨는 곧바로 병원으로 이송되었죠.

전화를 끊고 나서 한동안 자리에서 옴짝달싹할 수 없었어요. 충격이 너무 컸습니다. 동반 자살을 시도했고 수민 씨만 자살에 실패해 살았다고 하지만, 진실은 당사자들 이외에는 알 수 없는 거잖아요. 수민 씨가 계획적으로 애인을 살해하기 위해 동반 자살로 위장한 것일 수도 있으니까요.

기자와 통화한 후 수민 씨와 만나는 게 매우 조심스러워졌습니다. 수민 씨가 내가 먹고 마시는 음식에 약을 탈지도 모른다는 생각을 했죠. 수민 씨 곁에서 잠들고는 영원히 깨어나지 못하는 악몽도 꾸었어요. 예전 수민 씨 애인처럼 말이죠. 그날 이후에는 작업실에서 수민 씨와 술을 마실 때도 항상 직접 사놓은 술을 냉장고에서 꺼내서 마셨어요. 수민 씨가 사오는 술은 믿을 수가 없었습니다.

하루라도 빨리 수민 씨 곁에서 도망쳐야 했어요. 하지만 수민 씨와 청산해야 할 게 너무 많았습니다. 그동안 수민 씨로부터 지원받은 돈과 카드 대금이 발목을 잡았어요. 앞뒤 따지지 않고 카드를 돌려주고 오피스텔을 나오면 그만이었지만, 그렇게 우리 관계를 정리한다면 수민 씨가 가만히 있지 않을 것 같았어요. 좋은 방법을 강구해야 했어요.

몇 달을 고민하며 밤에 제대로 잠도 자지 못했습니다. 그런 제 마음을 눈치챘는지 수민 씨의 연락이 어느 순간부터 뜸해졌어요. 작업실로도 찾아오지 않았습니다. 무슨 일이 생겼나 궁금했지만, 적극적으로 연락하지는 않았어요.

그날 우리는 거의 두 달 만에 얼굴을 본 거였어요. 오랜만에 작업실로 찾아온 수민 씨는 부탁할 게 있다고 했어요. 부탁이라는 말에 신경이 곤두섰죠. 하지만 수민 씨 표정은 편안했고, 말투도 온화했어요. 그런 태도를 보고 안심했지만, 긴장의 끈을 완전히 놓은 건 아니었습니다.

이어지는 수민 씨의 말을 듣고 깜짝 놀랐습니다. 연락이 뜸한 사이 새로운 남자와 사귀게 되었다는 겁니다. 직장 동료인데, 내년쯤 결혼할 거라고 하더군요. 그러면서 이별 여행을 가자고 했습니다.

생명의 은인이고 그동안 잘해주어 고맙다면서 그동안 자신이 해준 경제적 지원은 그 고마움에 대한 답례이니 갚지 않아도 된다고 하더군요. 게다가 내 작업실 월세도 미리 1년치를 냈으니, 계약 만료일까지 편하게 사용하라고 했습니다. 수민 씨는 웃으면서 이별에 대한 위자료 정도로 생각해달라고 했어요.

갑작스러운 이별 선언과 함께 이별 여행을 가자는 제안에 어떻게 대응해야 할지 머릿속이 복잡해졌습니다. 어디까지가 사실인지 확인도 해보고 싶었고요.

하지만 긍정적으로 생각하기로 금세 마음을 고쳐먹었습니다. 어차피 나도 수민 씨와 좋게 헤어질 방법을 고민하고 있었으니까요. 수민 씨가 하는 이야기가 사실인지 아닌지는 이제 상관없다고 생각했습니다. 수민 씨가 바라는 대로 이별 여행을 다녀온 뒤 깨끗이 결별하는 게 가장 좋은 방법이었으니까요. 빌려준 돈도 돌려받지 않겠다고 하고, 작업실 월세도 미리 연세로 납부해주었으니 더할 나위 없는 이별 조건이었습니다.

수민 씨의 제안을 수락하며, 이별 여행 갈 곳으로 생각해둔 곳이 있느냐고 물었습니다. 수민 씨는 나의 물음에 기다렸다는 듯이 바로 대답했습니다.

우리가 처음 만났던 곳으로 1박 2일 공포 체험 여행을 하자는 거였습니다. 그곳에서 같이 공포 체험을 하면서 유튜브에 올릴 영상을 찍으면 콘텐츠도 하나 만드는 것이고, 그 영상을 우리 만남의 마지막 기념물로 간직하면 좋지 않겠냐고 말했습니다.

의아한 구석이 있었지만, 굳이 싫지도 않았습니다. 어차피 그 모텔은 예전에 공포 체험 촬영 장소로 이용하려 했던 곳이고, 그 건물에 얽힌 스토리텔링도 자세히 알고 있으니 사전 준비가 없어도 꽤 높은 수준의 콘텐츠가 나올 것 같았거든요. 이별 여행에 양질의 콘텐츠까지, 한마디로 일석이조의 효과를 볼 수 있는 곳이었죠.

우린 바로 장비를 챙겨 해가 떨어질 무렵 수민 씨의 차를 타고 모텔을 향해 출발했습니다.

헤드라이트 불빛에 모텔이 모습을 드러냈다. 낮의 모텔 모습이 흉물스럽다면, 밤의 모텔 모습은 괴기스러웠다.

모텔로 들어가기 전 침착하게 영상을 촬영하라면서 미리 준비한 우황청심환과 드링크를 민준에게 건넸다. 민준은 손사래를 치며 얼굴을 일그러뜨렸다. 자신은 이런 장소에서 촬영하는 것에 단련되어 있어 그런 걸 먹을 필요가 없다고 힘주어 말했다.

그는 의심의 눈초리로 정작 그걸 먹어야 할 사람은 나라고 하면서 오히려 나에게 먹이려고 했다. 나는 조금 이따 먹겠다고 하고는 돌려받은 것을 토드백에 넣어두었다.

우리는 차에서 내려 어둠이 지배하는 모텔로 들어갔다. 누가 뒤에서 우리 모습을 봤다면, 아가리를 벌리고 있는 거대한 식인 괴물의 입속으로 스스로 걸어가는 듯한 모습이었을 것이다.

카메라 라이트가 닿는 곳마다 어둠이 물러났고, 민준은 능숙한 솜씨로 모텔의 내부 모습을 설명했다. 민준은 30여 분 동안 내부를 훑고 다니면서 끊임없이 이야기를 해댔다. 그의 목소리가 커지는 것으로 봐서 흥분한 것 같았다. 간간이 웃기도 했는데, 이 순간을 충실하게 즐기고 있는 게 분명했다.

계단을 타고 5층까지 올라가 민준이 멈춘 곳은 슈프림룸 앞이었다.

역시 민준은 나에 대해 많은 것을 알고 있었다. 이곳은 나의 기억이 새겨져 있는 공간이었다. 그 방의 문을 열기 전 민준은 카메라로 자신의 얼굴을 촬영했다. 그러고는 씩 웃으며 의미심장한 표정을 지었다. 나중에 이 영상을 보게 될 시청자들에게 하는 것인지, 나에게 하는 것인지 알 수는 없었다.

민준은 문 앞에서 그 방에서 있었던 동반 자살 사건에

관해 한참 이야기했다. 이것 또한 누구를 향한 것인지 알 수 없었다. 다행히 민준은 그 방에서 살아 돌아온 여자 이야기는 끝내 하지 않았다. 나를 위한 마지막 배려라고 스스로 생각했다. 아니나 다를까 민준은 그 방에 관한 이야기를 모두 마치고, 나를 향해 고개를 끄덕이며 엄지를 치켜세웠다. 분명히 나에게 보낸 사인이었다.

나는 모든 사실을 알고 있지만, 아무 말도 하지 않았다, 이런 의미가 그 동작에 담겨 있었다. 그런 민준의 행동을 보고 나는 속으로 웃지 않을 수 없었다. 한 치 앞의 운명도 모르면서 여자 앞에서 남자다운 척 으쓱하며 어리광을 부리는 모습이 당장 엉덩이를 토닥여주고 싶을 만큼 귀여웠다.

문을 열고 들어간 슈프림룸에는 아무것도 없었다. 민준은 준비한 매트리스와 침낭을 바닥에 펼치고, 카메라와 노트북을 세팅했다. 계획대로 방금 찍은 영상을 편집하고 유튜브에 바로 올린 다음, 모텔 객실에서 2차 영상을 찍는다고 했다. 두 번째 영상은 이 방에서 밤을 새우며 시청자들과 이야기를 하는 라이브 영상으로 찍는다고 했다. 자신은 오늘 잠을 자지 않을 것이라고 했다.

나는 토드백에서 생수를 꺼내 민준에게 건넸다. 그는

받은 물을 마시지 않고, 바로 바닥에 내려놓았다. 그는 내가 주는 어떤 것도 먹지 않을 태세였다. 나는 그가 무엇을 두려워하는지 알고 있다. 잠도 자지 않고 라이브 방송을 한다는 것도 같은 이유에서일 것이다.

나는 무섭고 추워서 더는 모텔 안에서 견디지 못할 것 같다고 말했다. 차 안에서 이따가 시작될 민준의 라이브 방송을 시청하며 잠을 청하겠다고 말하고 방에서 나왔다. 뒤따라 나온 민준은 건물 입구까지 나를 바래다주었다. 달빛에 비친 그의 얼굴에는 안도감이 서려 있었다. 그는 짧은 작별 인사와 함께 잘 자라며 살포시 나를 안아주었다.

나는 차 안으로 들어와 민준 몰래 준비한 것을 꺼냈다.

네?

진술을 거부할 수 있고, 변호인의 조력을 받을 수 있다고요? 이제부터는 참고인이 아니고, 피의자라고요? 그게 무슨 말인가요?

지금까지 제가 다 설명했잖아요. 나와 수민 씨의 관계를 이미 다 말씀드렸잖아요.

수민 씨와 헤어지고 싶어서 그 방법을 강구했다고 말

하지 않았느냐고요?

그것도 이미 다 말씀드렸잖아요. 헤어지기 위한 방법을 고민은 했지만, 수민 씨가 먼저 헤어지자고 했고, 우리가 처음 만났던 모텔로 이별 여행을 간 거라고요.

그게 상식으로 이해할 수 있는 이야기냐고요?

형사님. 생사람 잡지 마세요. 정말 수민 씨가 그런 제안을 했다고요. 사람하고 대화할 때마다 녹음할 수 없는 거잖아요. 그래서 다른 증거는 없어요. 제 이야기가 증거입니다.

수민 씨가 새로 사귀는 사람도 없고, 결혼을 약속한 사람도 없다고요?

그건 잘 모르겠어요. 전 수민 씨한테 들은 이야기를 형사님께 그대로 전한 것뿐이에요.

자살을 하려던 수민 씨를 우연히 만난 후 수민 씨가 심리적으로 불안정하다는 걸 이용해서 용돈도 받아 쓰고, 유튜브 소재로 쓴 게 아니냐고요?

그럴 리가요. 전 그냥 불쌍한 사람을 도와준 것 이외에 아무것도 하지 않았어요. 그래요. 용돈은 좀 받아 썼죠. 근데 그게 죄가 되나요. 수민 씨가 알아서 준 거라고요.

오피스텔을 얻어준 것도 이해되지 않지만, 1년치 월세

를 미리 내준 것도 상식적으로 납득이 안 된다고요?

내가 요구하지 않아도 그렇게 해주는 걸 저보고 어떻게 하라고요. 형사님도 참 답답하시네요.

수민 씨 집에서 일기가 발견되었고, 저한테 이용당하는 게 괴롭다고 적혀 있고, 내가 자기를 죽일지도 모른다고 적혀 있다고요?

망상에 빠져 아무렇게나 휘갈겨놓은 게 무슨 증거라도 되는 건가요. 그럼 저도 집에 가서 형사님이 옛날부터 나를 괴롭혔다고 일기에 적어두면 형사님도 범인이 되는 거겠네요.

그날 여자가 차에 혼자 내려가 있는데, 아침까지 왜 한 번도 내려가 보지 않았느냐고요?

유튜브 라이브 방송을 몇 시간 동안 계속했고, 같이 있으면 수민 씨가 날 어떻게 할 거 같아서 무서워서 그랬어요. 예전에 동반 자살 시도 사건도 생각났고요.

차 안에서 발견된 드링크 병에서 제 지문이 나왔다고요?

그건 수민 씨가 나한테 먹으라고 주었는데 의심스러워서 바로 돌려주는 과정에서 지문이 찍혔을 거예요.

뭘 의심했냐고요?

수면제를 탔을까 봐요.

수면제가 있는 걸 어떻게 알았냐고요?

동반 자살 사건을 참고해서 추측한 거예요.

수민 씨와 헤어지기 위해서 그곳으로 수민 씨를 일부러 유인하고, 수면제가 든 드링크를 마시게 한 후 차 안에 번개탄을 피워놓고 수민 씨가 자살한 것으로 위장한 게 아니냐고요?

어휴….

그래서 일부러 두 번째 영상을 라이브로 해놓고 본인은 모르는 일처럼 일종의 알리바이를 만든 게 아니냐고요?

마음대로 생각하세요.

추천사

사랑의 빛을 넘어 사랑의 그림자를 끌어안다

우리는 그동안 '사랑의 빛'만 보느라 '사랑의 그림자'를 소홀히 한 것은 아닐까. 달콤하고 행복하고 꿈만 같은 사랑의 환상을 열심히 가꾸느라, 정작 사랑의 쓰라린 어둠과 뼈아픈 그림자를 외면해온 것은 아닌지. '사랑'이라는 테마와 '미스터리'라는 장르의 환상적인 결합으로 탄생한 이 일곱 편의 소설을 읽고 있으면, 우리가 애써 외면해왔던 사랑 뒤의 어두운 그림자, 죽음과 우울과 트라우마 같은 사랑의 쓰디쓴 이면을 만나게 된다.

'사랑과 미스터리라고? 왠지 안 어울리는 조합 아닌가?' 이런 질문을 던지는 현대인들은 어쩌면 사랑 이야기를 다룬 가장 대중적이고 무리 없는 장르, 로맨틱 코미디에 지나치게 길들여진 것은 아닐까. 로맨틱 코미디는 고통조차도 유머의 설탕시럽으로 코팅해버리기에 고통의 실체를 제대로 보여주기가 어렵지 않은가.

이 일곱 편의 '사랑'을 둘러싼 미스터리에는, 영화 〈브리짓 존스의 일기〉와 같은 톡톡 튀는 유머도 없고, 〈러브 액추얼리〉 같은 끝내 아름다운 해피엔딩도 없다. 《여름의 시간》에 실린 일곱 편의 사랑 이야기를 읽고 있으면, 마치 얼음으로 만든 칼로 우리의 심장을 찌르는 것 같은 차가운 아픔이 느껴진다. 그런데 신기하게도 이 쓰라린 아픔이 좋다. 이 아픔이 반갑기까지 하다.

여기 모인 이 일곱 편의 생생한 사랑의 미스터리는 사랑의 본질적 공포를 환기시키기 때문이다. 사랑은 원래 이렇게 시리도록 아프고 두렵고 무서운 것임을, 사랑과 죽음은 이토록 늘 소름 끼치게 가까이 붙어 있는 것이었음을, 우리는 아프지만 스릴 넘치는 이 풍요로운 미스터리의 숲 속에서 발견할 수 있다. 알고 보면 사랑이라는 거대한 감정의 우주가 숨겨놓은 미스터리는 무궁무진하다. 왜 사람들은 사랑한다면서 서로에게 상처 주고, 서로의 영혼을 파괴하는 것일까. 왜 어떤 사람들은 상처만 남을 것임을 뻔히 알면서도, 자신을 사랑하지 않는 사람을 향해 온 힘을 다해 매달리는 것일까.

이렇듯 사랑이 감추고 있는 수많은 수수께끼를 파헤치는 미스터리 작가 7인이 '따로 또 같이' 만들어나가는 사랑의 이야기는 우리에게 끝없는 영감의 보물창고를 열어젖힌다. 사랑의 빛을 추격하느라 사랑의 그림자를 놓쳐버린 현대인을 위한 첫 번째 미스터리. 그것은 아무리 사랑해도 결코 닿을 수 없는 당신의 영혼에 얽힌 미스터리다.

한새마의 〈여름의 시간〉은 사랑하지만 결코 서로의 어둠과 그림자까지는 나눌 수 없는 두 영혼의 비극적인 만남을 그린다. "9년을 함께 살았는데, 9년 동안 하루하루 모르는 사람이 되어갔"던 남편은 사랑의 미스터리를 품은 채 돌아올 수 없는 길을 떠나고 만다. 김재희의 〈웨딩증후군〉에서는 "나의 기이한 성향을 못 참겠다면 지금 떠나요"라고 말하는 사람, 사랑하는 사람에게 "나를 버려줘요. 제발"이라고 속삭이는 주인공의 처절함이 빛을 발한다. 류성희의 〈튤립과 꽃삽, 접힌 우산〉은 사랑의 이름으로 서로를 끝없이 상처 입히는 존재들의 서늘한 비극을 펼쳐 보인다. 딸에게 동화를 들려줄 때 자신의 '과도한 해석'을 덧붙이는 엄마는 헨젤과 그레텔의 비극을 이렇게 설명한다. "엄마는 왜 숲속에 헨젤과 그레텔을 버렸을까?" "엄마 말을 듣지 않아서 버린 거야. 우리 애기는 말 잘 들을 거지?" 홍선주의 〈능소화가 피는 집〉에서는 그 누구와도 오래가긴 힘든 사람, 눈부신 매력으로 뭇 남성을 끌어당기지만 그 누구도 오래 사랑할 수 없는 여인의 미스터리한 사랑 이야기, 그녀를 둘러싼 집착과 질투의 드라마가 펼쳐진다. "누난 자신의 마음에 한없이 충실해서 연애 개념이 남들과 달라. 누굴 만나도 거기에 속박되지 않는 거야. …너랑 사귀고 있더라도 누군가에게 관심이 생기면 그 사람이랑 잘 거야. 그게 남자든 여자든." 사마란의 〈망자의 함〉은 오래전 가슴 아프게 헤어진 연인의 아이를 갑자기 보살펴야 하는 상황에 처한 주인공의 기막힌 사연을 펼쳐 보인다. 다시는 상처 받지 않기 위해 마음을 봉인해버린 주인공의 목소리가 가슴 시리다. 황세연의 〈환상의 목소리〉는 자신의 욕망에 눈이 멀어 바로 옆에 있는 타인에게 무슨 일이 일어나는지도 알지 못하는 사람들의 냉혹한 무관심을 풍자한다. "어쩌면, 제 눈에만 보이지 않는 투명 인간이었는지도 모르겠군요. 사람들은 자기가 관심 있는 것만 보니까요. 눈앞에 있는 사람도 관심이 없으면 투명 인간이 되고 마니까요." 홍성호의 〈언제나 당신 곁에〉에서는 끊이지 않는 불운과 타인의 공격에 지쳐버린 주인공이 자신을 이해해주는 것만 같은 남자에게 불현듯 마음이 끌리지만 결국 그에게서도 끝내 안식처를 찾지 못한다. 이미 사랑을 나누었으면서도 서로를 끊임없이 격렬하게 의심하는 두 남녀의 밀고 당기는 두뇌 게임이 독자의 상상력을 자극한다.

사랑의 미스터리, 사랑의 공포, 사랑의 고통을 남김없이 파헤치기를 꿈꾸는 이 오색찬란한 미스터리의 성찬 앞에서 우리는 공포뿐만이 아니라 스릴과 서스펜스, 그리고 예상을 뛰어넘는 뜨거운 감동을 느끼게 된다. 그토록 이해할 수 없기에, 인간의 비좁은 상상력으로는 결코 내가 사랑하는 단 한 사람의 마음조차 알 수 없기에, 사랑은 못 견디게 아름다운 것이었다. 그 서늘하고도 오싹한 사랑의 눈부신 진실이, 바로 여기 이 멋진 일곱 편의 소설에 무르녹아 있다.

정여울 작가

(《나를 돌보지 않는 나에게》 저자)

이진주
〈(불)가능한 장면〉, 2020년

(Im)possible Scene, 2020,
Wood, Powdered Pigment, Animal Skin Glue and
Water on Unbleached Cotton, 260 × 60 × 36(D)

여름의 시간

초판 1쇄 펴냄 2021년 7월 19일

지은이 한새마 김재희 류성희 홍선주 사마란 황세연 홍성호
펴낸이 이영은
편집인 김현경
편집장 한이
교정 오효순
홍보마케팅 김소망
디자인 여상우
제작 제이오

펴낸곳 나비클럽
출판등록 2017. 7. 4. 제25100-2017-0000054호
주소 서울특별시 마포구 동교로22길 49 2층
전화 070-7722-3751 팩스 02-6008-3745
메일 nabiclub17@gmail.com
홈페이지 www.nabiclub.net
페이스북 @NabiClub
인스타그램 @nabiclub

ISBN 979-11-91029-29-1 03810